怠惰の魔女スピーシィ
魔剣の少年と虚栄の塔
1
あかのまに
illustration
がわこ

スピーシィ
クロ

ローフェン
プリシア

「この契約は貴女に苦難を与えるかもしれません。
ですが、どうか私に貴女を助けさせてください……スピーシィ様」
「――よくってよ」

Speechy the Lazy Witch

[1]

The Boy with the Magic Sword and the Tower of Vanity

Contents

序章
PROLOGUE

古き神々は去った。

その役割を終え、眠りについたのだ。


平らなる世界【イド】に残されたるは、神を模して作り出された人間。そして、彼らを狙う、悪魔と、そのしもべ達。そして神の残した神秘と、その影。

そんな摩訶不思議《まかふしぎ》が色濃く残った平面世界。とある大陸の大国【グラストール王国】領地内、【追放島ゼライド】。国にいることを許されなくなった罪人達が送られる最果ての島にて物語は始まる。

「ええっと、少年。帰って欲しいんですけど?」

そして終わろうとしていた。

◆◆◆

「怠惰の魔女様」

という悪口、もとい異名で呼ばれたスピーシィは、目の前で深々と頭《こうべ》を垂れる少年を前に、溜息《ためいき》

を吐き出した。

「あのですね、帰って欲しいんですけど」

「はい」

「はい、じゃなくてね」

スピーシィは困っていた。

追放島ゼライド、グラストール本土から物理的に離れたその島に流された罪人達を監視するための【塔】――つまり、スピーシィの自宅なのだが――を訪ねてきた客人を前に、どう対応すべきか、判断が難しかった。

そもそも客といったが、そんな上等なものかは怪しい。

まず呼んでいない。招いていない。勝手に入ってきて勝手に跪《ひざまず》いている。呼んでもいない男がか弱き乙女《おとめ》の自室に入ってきて跪いたら、たとえそれが絵に描いたような美しい少年騎士だったとしても、困るし、怖いだろう。実際スピーシィは困っていた。怖くはなかったが。

しかも、だ。

「つまり、私に王都に戻れと？」

「はい」

その客が面倒ごとを持ってきたとなると、それはもう敵だろう。敵に違いない。

「私、たしか二十年前に追放されたハズですよね。今の王さま……昔の婚約者に」

「はい」

「それで、こんな罪人しかいない辺境の島に追いやって」

「はい」

「ろくな従者も無し。まあ、私の実家も見捨てたので当然なのですが」

「はい」

「現王妃プリシア暗殺疑惑、まったく身に覚えのない話でしたが」

「はい」

「でも、私の言い分、友人以外は話も聞いてくれなくって、それで追い出されました」

「はい」

「たしか……二度と王都に足を踏み入れるな『※※※※※※』って、面と向かって言われました」

「はい」

「その私に、二十年経《た》った今、戻れと？」

「そのとおりです」

「ふむふむなるほど、なーるほど」

と、少年の返事に対してスピーシィは頷《うなず》いて、立ち上がった。少年の返事に満足して、ではない。

そういえばそろそろ、塔の頂上で栽培している魔花達に水をやる時間だったからだ。

そしてその後はお昼寝の時間だ。美容と健康のための重要な時間だ。睡眠を怠れば、日中の活動パフォーマンスも落ちる。美容も損なう。寿命も削られる。大変よろしくない。

目の前の少年よりも圧倒的に優先度が高い。

だからついで、と言うように、スピーシィは未《いま》だ律儀に跪いて頭を下げ続けている少年騎士に笑いかけた。

「貴方《あなた》の主《あるじ》に、恥って知ってます？　って伝えてもらっていいですか？」

「俺は王に発言できる立場にありません」

「真面目。冗談ですよ。王サマの命令の方が冗談みたいですけど」

本当に冗談のような話である。

別に追放してきた王のことを恨んでるわけではない。というかほぼ忘れていたし、顔すら思い出せないし、名前すらもだいぶ怪しい（たしか、ローベンだったかローパンだった気がする）。つまり、興味が無い。どうでもいい。

そんなどうでもいい王様のために、わざわざ島を離れる理由がまったく見出《みいだ》せなかった。

「帰ってください少年。私、これからお昼寝の時間なので」

「拒否された場合――」

屋上へと移動しようとしたスピーシィの背中に、先程よりも僅かに鋭くなった少年の声が届く。かわいらしい顔をしていた少年から放たれる剣吞《けんのん》な雰囲気に、先程までの会話よりはある程度興味をそそられたので、スピーシィは振り返る。

「――力尽くでも連れてくるように言われております」

少年騎士は剣を抜いていた。髪や目の色と同じ、黒色の禍々《まがまが》しい剣だ。

生まれながらにして神々の残滓《ざんし》である魔力を操れる貴族の血筋で、魔術と武術、どちらも学ぶ【騎士】の端くれが使う代物とは思えないほどに昏《くら》い魔力が放たれている。おそらく魔剣の類いだろう。【魔具】【魔剣】【神の影】、そして【悪魔】。それら〝力あるモノ〟と《契約《サイン》》する魔術師は滅多《めった》にいない。自前の魔力で《術式《コード》》を組んで、【魔術】を使えるからだ。こういうことをするのは、魔術を使えないか、真っ当でない手段で力を望んだかのどちらかだ。

つまり彼は真っ当な騎士ではない。

まあ、忌み嫌われた呪いの島に、仲間も無しに単身で来るくらいだ。マトモであるわけもない。

たぶん暗部の暗殺者とか、そんな類いだろう。

「ご容赦を――」

少年が接近する。音も無く、そして速い。手慣れた動きだった。インドア派のスピーシィでは、近付かれれば対抗することもできないだろう。

だが、

「【ねんねんころり】」

近付かれるよりも早く、指を音を鳴らすくらいは彼女にもできた。

「――――」

少年は姿勢を低くする。スピーシィはそのまま少しのったりと、どんくさい動作で身体《からだ》を横に移動させ、少年はスピーシィの移動に反応することもなく、そのまままっすぐ前方の壁に向かって激突した。

「あら、痛そう」

あらまあ、とスピーシィが口に手を当てて少年をのぞき見ると、彼はうつ伏せに倒れたままピクリとも動かない。

死んだ、わけではない。

「…………………」

目をつむり、規則正しく呼吸している。つまり眠っている。その姿を見てスピーシィは満足そうにうんうんと頷いた。

「お昼寝は大事。分かってくれてお姉さんは嬉《うれ》しいです」

そう微笑《ほほえ》んで、少年が激突した衝撃でどこからかひらひらと落下してきたハンカチを手に取ると、そっと少年の顔にかけてあげた。

そのままなむなむと祈りを捧《ささ》げると、いつものお昼寝のための簡易ベッドと日傘を【浮遊】の魔術で運び出し、軽快な足取りで（自分自身も浮遊しているので実際に歩いてはいないのだが）屋上へと向かった。

今日は快晴。心地のよい風も吹いていて、お昼寝日和《びより》だ。

一章　追放島に住まう魔女

EPISODE 1

【停滞の病】


それは、栄華を誇っていたグラストール王国の王都を蝕《むしば》む、最悪にして最大の病であった。

原因は不明、特定ならず。

症状は深刻、処置の術《すべ》無し。

感染は凶悪、歯止めは利かず。

紛れもない亡国の危機であった。

国中の魔術師達が総力を上げて研究を行い、国中の騎士達が大陸中にそれを癒やす術を求めて冒険へと向かった。去った神々を信奉する【教会】も人道的な支援に乗り出した。

しかし、その支援者達すらも、【停滞の呪い】に冒され、その事実が周辺諸国に拡散した結果、グラストール王都は誰一人として近付けぬ呪われた地という認識に変わった。交易すらもままならず、滅亡への坂道を転がり出した。

無論、だからといって手をこまねいている場合ではなかった。必死に駆け回る騎士達や魔術師達のその裏で、秘密裏に動く者達の姿があった。

――怠惰の魔女を連れ、王都に蔓延《はびこ》る【呪い】を根絶せよ。

主《あるじ》からその命令を受けた少年は、その命に肯定も否定もしなかった。その権利は彼になかった。主からの命令であればそれは絶対だ。

少年は【影の騎士】と呼ばれていた。由緒正しき、グラストールの血筋確かな騎士とは別の、闇の戦士。王族の命令に忠実で、時として法外な手段でもって主を守る、まさしく〝影〟の騎士だ。

そして今回もまた、そんな国の暗部を支える彼にふさわしい、決して表沙汰にできない使命だった。

怠惰の魔女。

スピーシィ・メイレ・クロスハートを帰還させよ。

四大貴族の一角であるクロスハートの名を知らぬ者はいないだろうが、スピーシィの名は市井《しせい》で聞くことはほとんどなかった。だが二十年前、その名は一躍轟《とどろ》いた――悪い意味で。

グラストール王国第一王子の婚約者にして最悪の悪女。

幾つもの異端の研究を行い界隈《かいわい》からも追放された怠惰の魔女。

挙げ句の果てに、当時の学友、プリシア・レ・フィレンスの暗殺疑惑で検挙され、死罪もやむなし、というところで王子からの慈悲によって追放処分になった女。

彼女を連れ戻すなど、当然表沙汰にはできない。今の時代、さすがにスピーシィの名を知らぬ者は多くなっているが、〝呪われし島に流された怠惰の魔女〟ならば知ってる者は多い。過ちを犯した者は、罪の島で怠惰の魔女に喰《く》われてしまうのだ。なんていうおとぎ話が広まったからだ。

そんな彼女をなぜ連れ戻さないといけないのか？　彼女であれば、呪いを祓《はら》えるのか？　疑問は尽きないが、少年はそこに触れることをしなかった。その点を考えるのは自分の役割ではない。

指示に従い、少年は王都を離れた。国の北東の寂れた港の漁師達に金を払い、海を渡り、【追放島ゼライド】へと彼は向かった。

島に到着してすぐに、目的の【塔】は見つかった。決して広くはない島の全てを見渡せる、小高い丘に建てられた、古びた監視塔。

「ええと、少年。帰って欲しいんですけど？」

そしてそこで、この先彼が長きにわたって振り回されることとなる、悪辣なる魔女と出会った。

◆◆◆

【怠惰の魔女・スピーシィ】

それは彼が想像した――というよりも、世間の大多数の者達が想像するような〝魔女〟のイメージからはかなり乖離《かいり》していた。

髪は色素の薄い金髪。癖の強い巻き毛で、腰まで伸びた髪がふわふわと広がっている。瞳は飲み込まれそうなほどに濃い、空のような蒼色《あおいろ》。

顔は幼く見えた。睫毛《まつげ》が長く、肌も真っ白だ。対して唇が緋色《ひいろ》。格好はまったく飾り気のないローブ。だがローブの下に見える体つきは出るところが出て、腰は細い。

童顔とその若さ、体つき。二十代だと言われても、まあ信じてしまうだろう。だが、たしか彼女が追放されたのは十八歳頃。つまり既に三十八歳以上だ。それでこの若々しさは魔女の秘術に違いない、とここにいたのが少年でなければ思ったことだろう。

しかし少年は彼女の美しさにも警戒を解かなかった。昏《くら》い場所に身を置いてきた少年の洞察力が警告を発し続けていた。

目の前の女は危険であると。

「ご容赦を――」

抵抗するようであれば力尽くで。

そう指示されたとおり、少年は動いた。魔剣を抜き、一気に彼女へと接近する。見た限り、彼女に守りの術はない。術式《コード》を組むための魔道具も持ち合わせていない。

一方で、こちらには魔剣と、対魔術師戦闘を想定した【消去《レジスト》】の術式《コード》が書かれた護符を幾つも身につけている。

どれだけ得体が知れなかろうと、彼女が魔術師であることに変わりない。

一瞬で距離を詰めて意識を失わせる。自分なら可能だ。彼はそう確信し、飛び出した。

「【ねんねんころり】」

◆◆◆

そして次の瞬間、少年は目を覚ますと地面に転がっていた。

「…………は？？？」

状況は理解できた。

あの一瞬の交錯で、彼は彼女の魔術によって眠らされた。時間はそれほど経《た》っていない。部屋の時計は、彼がここを訪ねてからそれほど時間が経ったことを示していない。自分の身体はすっころんだときにできた擦り傷以外の傷は無く、縛られてもいない。

無事だ。それ故《ゆえ》に少年は疑問が止まらなかった。

何一つできないまま一方的に眠らされた？

どのようにして彼女は自分に魔術を仕掛けた？

なぜ放置された？

魔剣は？　――――ある。ならば武器すら取り上げられずに放置されたと？

疑問の答えを求めるように、少年は屋上へと急いだ。塔の螺旋《らせん》階段を登りきると、燦々《さんさん》と日の光が差し込む屋上に到着した。そして、

「あら、おはようございます少年。お昼寝はもうよいのですか？」

魔女が、屋上で栽培されている花々に水を与えていた。無数のじょうろが彼女の指先に従うようにして自由に動く。卓越した魔術であったが今はどうでもいい。少年は再び魔剣を引き抜いて彼女に襲いかかった。だが、

「【どんどん伸びろ、豆の木よ】」

「つぐ!?」

今度は、突然足下から絡みついてきた不可視の何かが、少年の身体《からだ》を縛り付けた。拘束術。詠唱による術式《コード》を彼女が唱えたのを見た。それはどうでもいい。

問題なのは、こちらの護符、守りの全てをなんの問題もなくすり抜けてしまう彼女の技法だ。

「……何をしたのですか？」

「拘束の魔術ですけどー？　あら、青虫さん。それはご飯じゃないですよっと」

魔女スピーシィは、手足を縛られ、地面に無様に転がる少年騎士を見ようともしなかった。自分の育てた花についた虫をひょいと除《よ》けながら、のんびりと見て回っている。まるでそちらの方が重要だと言わんばかりだった。

「消去《レジスト》の護符がなぜ……」

肌の感覚で分かる。護符はたしかに自分の胸元にある。敵からの魔術を防げば消費され、砕けて消えるハズなのだ。なのにまだそこに残っている。

つまり彼女に対しては、そもそも護符が消費されなかった？

「だってその【護符】を発明したの私ですもの。抜け道《バックドア》くらい把握してますよ」

「は……？」

「二十年前の私の作品をそのまま使ってるなんて思いもしませんでしたけど……」

この国大丈夫かしら？　まあ、どうでもよいことですが。なんてことをのんびりと彼女は口にしていたが、少年は彼女の言葉に驚愕《きょうがく》する。

長きにわたって、この護符はグラストール王国で活用されている魔道具だ。いや、グラストールだけではない。外の国々でも既に護符の概念は浸透し、魔術と相対する一兵士の標準装備として馴《な》染《じ》んでいる。

それを、彼女が生み出したと？

そんな話は聞いたことがない。

だが事実として、魔女は護符の守りを貫通して自分を捕らえている。身動きが取れない。対抗する手段が無い。

当然、と言えば当然の話ではある。魔術が圧倒的な力を有するからこそ、魔術を扱える者達はこの世界において特権的な階級を有するのだ。護符の守りを失ってしまえば、その力に対抗する手段は無い。少年は魔力を操る術を持たなかった。

とはいえ、この魔女に対して、魔術が扱えれば抵抗できるかと言われればかなり怪しい。少年が知る魔術師の中でも、ここまで卓越した術式《コード》を自在に組む者はいなかった。

「さて、少年」

そして、水やりが終わったのだろう。魔女は伸びをすると、そのまま屋上の中央に用意されたベッドへと腰かけ、こちらに向かって首を傾げた。

「これからお昼寝タイムなのですけど、どうします？　一緒に眠りますか？　それが嫌なら、そこでじっとしてもらうしかないんですけど……」

「……」

それは、こちらの存在がなんら障害になっていないという宣言でもあった。

少年は出会って早々、魔女との力関係をこれでもかと思い知らされたのだった。

◆◆◆

俺の息子が石になってしまった！！！

怠惰の病、それは貴族の男の嘆きから始まった。

男は由緒正しき、王家に仕える騎士家系の当主だった。やや頭は固く、貴族としての立ち回りはお粗末と言えた。しかし騎士としての実績は高く、その頭の固さも実直と言い換えられ、信頼を置かれていた。

そんな彼が自分の息子にして跡取りであり、いずれは自分と同じ騎士となることを望んでいた長男に指導を施していたとき、悲劇が起こった。

突然なんの前触れもなく、息子が倒れたのだ。たしかに今日はいつもと比べ、少し顔色が悪かった。父が実家にいる希少な時間を無為《むい》にすまいと、無理をして訓練を続けようとした息子を窘《たしな》め、休ませようとした矢先の出来事だった。

無論、即座に男は自分の家に仕える治癒魔術師を呼んだ。だが、息子は治らなかった。

不可思議な症状だった。息はしている。呼吸は正常だ。にも拘《かか》わらず、体温が低く、身体は石のように硬くなっている。邪眼蛇《メデゥサ》の類いが使う石化の呪術のようにも思えたが、呪いがかけられた痕跡も無い。魔法薬師達からのアプローチもダメだった。

未知の病だった。昨日まであれだけ元気だった我が子が、なぜ突然このような悪夢に見舞われねばならないのだと、男も妻も弟や妹も嘆き悲しんだ。

と、ここまでであればとある一家を襲った悲劇と言えただろう。しかし、事はこのままでは済まなかった。

十歳ばかりのその子供が倒れたのを皮切りに、性別、年齢を問わず様々な貴族達が倒れ始めたのだ。一番最初に倒れた子供が呪いの根源だ！　と騒ぎ立てる者もいたが、早々にそのようなことを言っている事態ではないことに気がついた。少年とほぼ接触がなかったはずの王城住まいの大臣すらも倒れ、これが未曾有《みぞう》の危機であることを誰もが理解させられた。

偉大なる【塔】を建築し、グラストールに繁栄をもたらした【魔術王】ローフェン・クラン・グラストールは王都の緊急事態を宣言し、一刻も早い解決を命じた。

しかし、未《いま》だに事態は解決することなく、とうとう市井にまでその病の感染は広まり続けた。

無双とも言える戦力を有し、対する諸外国を圧倒し大陸の覇者へと成り上がっていたグラストール王国は、敵対国との戦争でも奈落《アビス》から溢《あふ》れる魔獣災害でもなく、病という名の脅威によって亡国の危機に直面することとなったのだった。

◆◆◆

夜。

追放島ゼライドの夜は少し喧《やかま》しかった。虫達や獣達の声がする。風情と取るべきかもしれないが、少々喧しい。

とはいえ、王都の者達が想像するようなイメージ――【奈落《アビス》】から、混沌《こんとん》の【悪魔】達が夜な夜な言《は》い出《で》て、罪人達をもてあそび、食い千切っている妄想——を考えれば、まだおとなしい方だった。

さて、そんな夜のささやかな喧噪《けんそう》の中、少年騎士は魔女の晩餐《ばんさん》に招待されていた。まあ、招待と言っても、身動きは取れないままなのだが。

「少年。食べないんです？　おいひいれすよ？」

「拘束されてます」

「ああ、そうでした。かわいそうですね」

うふふと笑いながら、魔女はもぐもぐと美味《おい》しそうに焼かれたステーキを口にして、真っ赤なワインを優雅に飲んでいた。随分と豪勢な食事だ。とても、たった一人で罪人達の住まう島に追放された女の夕餉《ゆうげ》とは思えなかった。

「ほれで、結局貴方《あなた》なんれここにきたんれす？」

「説明させていただきます」

魔女から問われ、少年騎士は応じた。力尽くの連行が不可能である以上、後は言葉による説得と交渉しかない。まったく得手ではないが、やるほかなかった。

こうして、少年騎士は現在の王都の状況と、自分の主がその解決を望んでいること。更に、そのために魔女の助力が必要であることを、改めてツラツラと述べた。最初出会ったときは、「王都に来てくれ」の時点で拒絶されてしまったため、ロクに事情を説明することもできなかった。

とはいえ、王都の事情、【停滞の病】という未曾有の災害は彼女も知っているだろうが——

「へーえ、そんなことになってたんれふかー、ふーん」

知らなかった。少年は空を仰いだ。

「あら少年。なんですその『信じられんこの女』みたいな顔。仕方ないじゃないですか。ここ、入ってくる情報少ないんですから」

「その割に、通信魔具も見受けられますが」

食事を取る魔女の一室を見渡すと、彼女が使用しているであろう、無数の魔道具が設置してある。その中には島の外、外部との連絡を取るための通信魔道具も存在していた。情報がまったく入ってこない絶海の孤島、というわけではないはずなのだ。

「お仕事で使いますからね。でもほら、追放された身ですから、私と仕事しようって貴族は大抵王都周辺じゃなくて、外様《とざま》の貴族なんですよねぇ」

王都及びその周辺の土地を管理する貴族と、それ以外の土地の貴族間には格差がある。彼女が連絡を取っているのは外様の貴族達なのだろう、というのは納得した。結果として、彼らは【停滞の病】の影響を受けずにすんでいる者達である。王族から遠い者達が最も被害が少ないというのは、なんとも皮肉だった。

「ああでも、なんでしたっけ。友人が何か色々言っていた気もしますが……ええ、まあ、正直なとこ興味なかったので」

まあ、彼女も王都に住んでいないから大丈夫でしょう、とお気楽に彼女は笑った。紛れもない亡国の危機である以上、グラストール王国に住まう全員にとって有事ではあると思うのだが、そんなことを、その国から追放された彼女に訴えたところでどこ吹く風だろう。

少年は言葉を続けた。

「貴女《あなた》に王から調査命令が出されています」

「はあ、それがなにか？」

魔女は鼻で笑った。

「王からの命令です」

「ですから、それがなにか？」

またも笑った。一蹴だった。

「少年、私が『王様の命令だぞ！　どうだっ！』って言われたら平伏して、汗だらだら流してブルブル震えると思いました？」

「いいえ」

少年騎士は正直に応答した。

分かってはいた。彼女に権力の威圧は通用しない。権力による命令とは、その庇護下《ひごか》にいる者にのみ通じるものだ。その庇護を解かれれば生きてはいけないか、あるいはその権力が有する〝暴力〟の脅威が通じる者でなければ意味がない。どちらにせよ「逆らえば命がない」という力関係が必要なのだ。

彼女にはどちらも通じていない。たとえ自分ではなく正規の騎士を相手取ったとしても、彼女は同じように相手にしないだろう。脅迫の方針で彼女を従わせるのは不可能だ。であれば、交渉となる。

「対価として何が望みでしょう」

「特に何も？　少年、私が不自由していると思います？」

そう言って、彼女は自分が口にしている肉を切って、こちらに向かって差し出した。どうしようかとも思ったが、ぐんぐんと押しつけてくるので少年騎士はやむなく口を開けて、受け入れた。咀《そ》嚼《しゃく》し、ソースとたっぷりの肉汁が口の中で広がる感触を味わいながら、少年騎士は首を横に振った。

「いいえ」

香ばしく、美味しかった。よく肥えた牛の肉だった。王都のレストランで出されたとしても、決して見劣りはすまい。こんな食事を別に特別な日でもなんでもない、どころか侵入者がやってきた日の夕餉として口にする女が、不自由をしているとは思えなかった。

真っ当な貴族であれば、王都近くの土地での生活を望むかもしれないが、彼女はその王都への帰還を真っ先に拒絶した。土地なんて望むわけもない。

困った。早々に交渉の種が尽きた。

主に渡された切り札が無いわけではないが、しかしこの段階で切ってしまうのは不味《まず》い。

さて、どうしたものか――

「困っていますね、少年？」

「……ええ、そうですね。否定しません」

自分を困らせている全ての元凶にそう言われるのは複雑な気分であるが、実際困っていた。任務達成は自分の中で絶対だ。それができないなら、存在する意味がない。

「あれですか？　任務達成できないと、殺されちゃうんですか？」

「いや、さすがにそこまでではないですが」

「ふぅーん……」

何を考えているのかは不明だったが、そう言って怠惰の魔女はこちらの顔をじっと見つめてきた。吸い込まれそうな深い蒼色の瞳だった。魔眼の類いではないだろうが、魅入られそうで、少年騎士は見つめ返さぬよう注意を払った。

「――そうですね、条件つきで王都についていってもいいですよ？」

「……よいのですか？」

「私を連れ帰れず、のこのこと一人で少年が帰るの、想像したらなんだかとっても可哀想《かわいそう》に思えてきたので……」

そんなふうに言って、彼女は少年の拘束を解いた。奪われていた魔剣すらも、そのまま返される。とてつもなく憐れまれている。とはいえ、それを屈辱とは思わない。少年騎士にその手のプライドはない。与えられた任務がこなせるかどうかが全てだ。どれだけ惨めに憐れまれようと、問題ではない。

自分ではどうしようもない魔術の使い手が、自分への憐れみ一つで動いてくれるというのなら、好きなだけ憐れんでもらおうではないか。少年騎士は開き直っていた。

「どうか、よろしくお願いいたします。スピーシィ様」

少年騎士は最初、ここを訪ねてきたときと同様に、彼女の前に跪《ひざまず》いた。今現在がどのような立場であれ、彼女は現在の国王の元婚約者で、四大貴族の長女なのだ。本人がそのことをまったく気にしないとしても、相応の態度というものがある。

「まあ、一応よろしくされてもよくってよ？　クロくん」

「クロ？」

「あら、気に入りませんでした？　適当な渾名《あだな》でしたけど……それとも名前、ちゃんとあるんです？」

少年騎士は首を横に振った。偽名を幾つか使ったことはあるが、本名なんてものは持ち合わせていない。紛れもない暗部の存在なのだ。

しかしクロとは、ペットにつけるような名前だ。そしておそらく、彼女はそのつもりで名前を付けている。受け入れてよいものか少し悩ましかった。

「クロは嫌ですか？　ポチでもいいですよ？」

どうやら拒否権は無いらしい。

「クロ――素敵な名前を頂戴いたしました。光栄ですレディ・スピーシィ」

クロとなった少年が恭しく頭を下げると、魔女は満足げに頷《うなず》いた。

「それじゃあよろしく、クロくん」

「よろしくお願いします。スピーシィ様」

こうして、名前の拝命と共に二人の契約《サイン》は成ったのだった。しかし、これはクロ少年の長い苦労の始まりに過ぎない――というのは誰であろうクロ自身が強く予感させられるのであった。


「あれ？　でもそういえば、どれくらいかかるんでしたっけ、ここから王都まで」

「迎えの船に乗って一日。そこから馬車で半月ほどの旅となります」

「わあ、やっぱり面倒くさい……やっぱ無し……じょ、冗談ですよお。ほんとにもークロくんはワガママですねっ」

魔女にジト目が多少有効であることが判明した。

二章　懐かしくもない帰郷

EPISODE 2

王立ガルバード魔術学園。

王都グラストールで最も偉大なる魔術の学《まな》び舎《や》。貴族達が集い勉学を共にし、偉大なる大賢者ガルバードの後を継ぐ、新たなる大魔術師を生み出すための叡智《えいち》の神殿で、あ、っ、た。

ガルバードの主たる使命は、時代と共に変遷していった。

魔術が特権階級者の象徴となり、神聖化すると共に学園は政治闘争の場に変化した。送りこまれた子供達は魔術の研鑽《けんさん》、研究を行うよりも貴族同士の繋《つな》がりを強固にし、派閥争いに終始する。彼らに魔術を極める、という考えは無かった。戦うのは【騎士】の道を選んだ子供達だけだ。自分達の役割はそうではないと、彼らは高をくくっていた。

二十年前の学園は、その思想がより顕著に蔓延《まんえん》していた。当時、国家としてはやや成長が鈍り、衰えつつあったグラストール王国の貴族間では、自分達の権力をいかに保持するか、ということに焦点が絞られ、魔術の研鑽などなんの意味も無いと、嘲笑さえされることもあった。

だからこそ、そんな空気など知ったことかと言わんばかりに、ひたすらに魔術の研究をしていたクロスハート家の長女は異端だった。

スピーシィ・メイレ・クロスハート。

四大貴族の一角、クロスハート家の長女であるにも拘《かか》わらず、社交場に一切顔を出さずに研究室に篭《こ》もりっぱなし。そうして突飛な魔術を発明しては失笑を買う、紛れもない変人。

クロスハートは娘の教育を間違ったと周囲から嘲《あざけ》られ、両親達は苦々しい顔で彼女に溜息《ためいき》をつく。どうしようもない異端児で、周囲に馴染《なじ》もうと努力することもないはぐれ者。

取り繕いようがないほど彼女は浮いていた。この学園の役割を、意味を、まるで理解しようとしていなかった。


魔術の学園《ガルバード》で魔術を学ぼうとするなんて！


そんな、余所《よそ》が聞けば失笑するような言葉を、彼女は平然と投げつけられたのだ。

「ああ、今日は新しい発見がありましたね。喜ばしい」

しかし当のスピーシィ自身はそんな周囲の悪評など、これっぽちも堪《こた》えてはいなかった。

魔術の研究は楽しかった。

他の貴族達は天から与えられた祝福《ギフト》に満足し、それを遊ばせるばかりだったが、スピーシィからすれば、魔術は未《いま》だ研磨されていない宝石に等しかった。知れば知るほどに、新しい発見が生まれてくる。かつて、魔術の研究が盛んだった時代の研究資料はどれだけ読んでも飽きなかった。

他の貴族達が薄っぺらい笑顔を貼り付けて、思ってもないようなおべっかを使っているのがバカみたいに思えた。どうしてこんなにも楽しいことを無視して、あんなつまらなそうなパーティなんかに何度も出席するのだろう。スピーシィは不思議でならなかった。

当時の彼女が自由であったのは間違いない。誰一人として、彼女の所業を咎《とが》める者はおらず、親兄弟姉妹すらも彼女を見放していたのだから。

だから彼女は自由で、そして稚拙だった。生じる義務という対価を支払わず、自由だけを謳歌《おうか》していたのだから。

そして、そのツケはやってきた。

「怠惰の魔女スピーシィ！！！　お前を追放する！！！」

婚約者らしき男に、犯罪者を見るかのような侮蔑に満ちた視線で罵詈雑言《ばりぞうごん》を投げつけられることで。

曰《いわ》く、邪悪なる魔術の研究に手を染めた。

曰く、国家の一大事業となりうる建物の建設を妨害した。

曰く、彼の隣で泣いているプリシアという女子に嫉妬し、暗殺未遂をしでかした。

それらの罪状をスピーシィに叩《たた》きつけた。勿論《もちろん》、その罪状に対するスピーシィの感想は、

「なにそれ知らない。怖……」

である。

知るわけもなかった。彼女は研究室に篭もりきりだ。社交性など欠片《かけら》もない。数少ない友人から時々警告は受けていたが、外の世界にどのような情報が流れているか、ちゃんと把握しようとしたことはなかった。知ろうともしなかった。

その結果が、このザマだ。

魔術の天才であった彼女は、謀略によってその立場を失おうとしている。

怠惰の魔女とは言い得て妙だった。まさしくスピーシィは怠惰を犯した。自分のやりたいこと、

好きなことしかしてこなかったツケが回ってきたのだ。

義務を怠っているその間に、王子の隣で泣いている——ように見えて、瞳の奥でこちらを冷徹に観察している——プリシアは見事に自分を嵌《は》めてのけた。いっさい自分の手を汚さずに。

「……」

王子の罵詈雑言を聞き流して、スピーシィはプリシアを観察する。

状況を把握していないスピーシィであったが、この状況を作り出したのがプリシアであることは分かっていた。研究者としての観察力が、事の中心が彼女であることを見抜いた。周囲の人間達が突発的に発生したこの魔女裁判に熱狂する中で、彼女だけは冷静さを保っていたのだ。

涙を流しているのは表面だけだ。王子の隣で時に小さく言葉を囁《ささや》いて、あるいは絶妙なタイミングで大げさに泣き伏せりながら、完璧に場の状況をコントロールしている。

それはスピーシィにはとてもできない芸当だった。

凄《すご》いと思った。

自分にできないことをできる人間は素直に尊敬する。

でも、ほとんど会話もしたことのない女に一方的に攻撃されるのはムカつく。

だから、スピーシィは当時、ロクに化粧の仕方も知らなかった不細工な顔をニンマリと歪《ゆが》めて、言った。

「その顔、覚えましたからね」

小さな囁き声だった。熱狂する周囲の観客達も、自分を追放しようとしている王子にもその声は聞こえなかった。

しかし、王子の隣で泣き崩れているプリシアだけは、それが聞こえたのだろう。一瞬、泣き真似《まね》を止《や》めて眉を顰《ひそ》めたのをスピーシィはしっかりと目撃した。

現グラストール王妃。プリシアとの邂逅《かいこう》および、スピーシィの追放騒動はこのような運びによって行われたのだった。

◆◆◆

「あふ……」

なにやら懐かしい夢を見ながら、スピーシィはまどろみから目を覚ました。

随分と昔の夢だった。そして恥ずかしい夢でもあった。

当時のスピーシィの所業は、今の自分から見てもあまりにも迂闊《うかつ》がすぎた。

今も性根の部分で、スピーシィはそれほど変わっているわけではない。彼女は魔術好きで、他人との関わりを疎ましがり、おろそかにしがちだ。

しかしソレとは別に、ヒトの社会と関わる以上、必要な義務はあるのだという理解は身につけていた。

たしかに学園の学費は自分が納めた。魔術の学び舎を利用したかったが、両親が自分を表に晒《さら》すことを渋ったために、自分で費用を払った。しかし、だからといって全て自分の勝手とはならなかった。

学園に入学できる時点で、自分には立場があった。それを蔑《ないがし》ろにすべきではなかったと、今なら分かる。蔑ろにした結果があの謀略で、周囲からの私刑《リンチ》であった。

今ならもう少し上手《うま》くやれるだろうと思う。

いや、どうだろう？　やっぱ色々面倒くさくなるかもしれない。何せ、別にあの頃からそれほど自分の精神性が大きく変調したわけでもないのだから。

「まあ、いっか」

うん、それほど振り返って、考え込むような過去でもなかったな。と、スピーシィは思い直して、再び自分が生み出した魔術の綿毛の海に飛び込む。外を見ればまだ日は昇っていない。ゆっくりと身体《からだ》を休めよう。そうしよう――

「いえ、起きてください」

「あら、どうしましたクロくん。一緒に寝ますか？」

「いいえ寝ません。それよりも」

クロ少年がしつこく起こしてくる。むぅ、と少しむくれながらスピーシィが身体を起こすと、彼は真剣な表情で言った。

「敵です」

「あら」

スピーシィは素早く杖《つえ》を手に取った。

◆◆◆

その男達は、グラストールへと続く道を縄張りにして活動している盗賊団だった。闇夜に紛れ、潜み、そして獲物を狩る。金品は奪い、女子供は攫《さら》い、男は殺す。どこに出しても恥ずかしくない悪党だった。

「カモが来たぜ」

彼らは今日も自分達の獲物を見つけて、下劣な笑みを浮かべた。

「良いね、何人だ」

「女とガキが一人。良い馬車に乗ってきたぜ」

「は！　バカだねえ。金があるって言ってるようなもんだ」

最近は金を持った獲物がよくこのあたりの道を通る。現在王都で〝大騒動〟が発生しているからだ。そしてソレはつまり、彼らにとっての獲物がよくかかりやすい、かき入れ時であることを意味している。

「きっと上物だぜこりゃ」

「気をつけろよ、貴族の可能性もある」

「どんな怪物でも眠っちまったらおしまいさ」

貴族は魔術が使える。超常の現象を引き起こす怪物達だ。しかし、彼らは貴族達が必ずしも魔術師として優秀であるとは限らないことを知っている。素養があるというだけで、それを特別に鍛えて、戦えるようにした者はそんなに多くない。不意を突いて殴りつけて、抵抗できなくしてしまえば魔術師なんて楽勝だと、彼らは経験則からそう楽観視し、行動を開始した。

夜闇と草木にまぎれ、声を殺し囲い込む。彼らが眠気に耐えられなくなったところを一気に襲う。その腹づもりだった。

「……」

たき火には騎士鎧《よろい》を身につけた少年が一人だけ。もう一人は馬車の中だ。あとは静かに警戒心が萎えるのを待つだけだった――しかし、

「――」

不意に少年が立ち上がると、突然たき火に土をかけて消した。

夜番が獣除《よ》けの火を自分から消して、暗闇にする理由。盗賊達は自分達の存在が気取られたことを理解した。だが、まだ焦ってはいなかった。数はこちらの方が多い。自分達の方が夜は慣れている。何より相手は子供。いくつもの好条件が彼らをその場に踏《ふ》み止《とど》まらせた。

「ぎ」

「……おい？　どうした」

その判断が間違いであったと、彼らはすぐに思い知ることとなる。

「つぎゃあ!?」

「ひ、ひぃ!!」

「つがあ!?」

わずかな月光しかない闇の中、次々と悲鳴があがる。何か小さい獣のような〝影〟が闇の中を駆けている。足下すらおぼつかない、暗闇の中を自在に駆け回っているのだ。その〝影〟が、先程の少年と気がついたのは、彼が目の前にその姿を現した瞬間だった。

「う、おおああ!?」

突然、ぬるりと剣を構えた少年が横切った。リーダーの男は思わず悲鳴をあげながら剣を振るったものの、剣は空を切り、手応えはまるで無かった。

少年は再び闇の中に溶け込むようにして消えていった。

「く、クソガキがぁ!!　出てこい!!」

もちろん、出てくるわけがない。目を凝らしてもどこにいるかも分からない。夜目が利く自信はあったが、相手はそんな次元ではなかった。まるで闇そのものだ。こちらが戸惑っている間にも次々に仲間達がやられていく。

コイツは真っ当じゃない!

騎士のような鎧を身につけていたが、絶対にまともじゃない。魔術と体術、どちらも鍛え上げ、恐ろしい【魔獣】達すらも退けることのできる騎士が、闇に紛れて敵を殺すような術《すべ》を身につけることはない。

コイツは暗殺者の類いだ。まともに戦おうとしたら全滅することをリーダーは理解した。

「女を襲え!　人質に――」

もはやなりふりかまってもいられない。男は大声で叫び、残っている部下達に指示を出す。しかし、叫んでいる間にも目の前で闇がうごめき、うねり、そして月光に反射して刃《やいば》が閃《ひらめ》いた。

「ッヒ!?」

刃を防げたのは偶然だ。しかし衝撃を防ぎきることはできなかった。姿勢を崩し、倒れ込んだリーダーを少年は足蹴にして、剣を握った手に真っ黒な剣を突き立てた。

「ツギィ!?　や、やめ、てめえ!!　女がどうなっても――!!」

悲鳴と罵声と脅迫が同時に出た。自分の身を守ろうと必死だったのだ。自然とリーダーの視線は助けを求めるように馬車の方へと移った――が、しかし、

「ひ、ひぃ……!?」

「た、助けて……!」

奇妙な光でできたロープに拘束され、宙に浮遊して動けなくなった仲間達と、

「もう、クロくんったら。ちゃんと守ってくれないとダメじゃないですか」

欠伸《あくび》を一つうちながら、仲間達を宙づりにしている魔女がいた。こちらを串刺しにしている少年は魔女の姿を見て小さく溜息を吐き出した。

「貴女《あなた》ならなんの問題も無いでしょう」

「えー、でも守ってもらいたかったんですぅー」

ぶうぶうと子供のように口先をとがらせながら、魔女は杖を指揮棒《タクト》のように軽く振るう。その途端、杖先から光が迸《ほとばし》る。その度に、遠く離れた場所で待機していた残る部下達が次々と宙吊りになっていった。ろくな抵抗もできぬままに。

「ば、化け物が――おごあ!?」

咄嗟《とっさ》に罵声がこぼれたが、その瞬間顔面にすさまじい衝撃が走り、リーダーの男は顔面を地面にこすりながら吹っ飛ばされた。

「失礼ですね、ぶっ飛ばしますよ?」

「もうぶっ飛んでます」

どうやら自分達が最悪の〝ハズレ〟を引いたということを理解しながら、リーダーの男の意識は闇の中に落ちていった。

◆◆◆

「ううっ……ぐう」

「………」

「畜生……いでええ」

野盗達の襲撃は、速やかに決着がついた。再び灯ったたき火の明かりの中、痛みにもだえ苦しむ彼らを眺めながら、スピーシィは不思議そうに首を傾《かし》げた。

「どうしてこんなに襲われるんでしょうね？」

「貴女が『ボロの馬車は嫌』とおっしゃられて、目立つ高級馬車を利用されたからではないでしょうか？」

「あら凄い。名推理ですね。クロくん」

スピーシィは感嘆の声をあげた。実際、クロ達が今利用している馬車はやけに目立つ。とてつもない要人が乗っているか、あるいは高価な交易品でも運んでいると勘違いされても仕方があるまい。まさか野盗達も追放された罪人を運んでいるとは思いもしなかっただろう。

「でも、それにしたって多くないですー？　グラストールってこんなに治安が悪かったんです？」

「現在、我々は各貴族領の隙間を通行していますから」

つまり、どの領主の管理からも外れた隙間のような道だ。実際、ろくに管理されていない道は結構荒れている。そしてこういう場所は、どの領地からも追い出された犯罪者が潜むには絶好の場所でもある。

「えー、なんでそんな面倒くさい道を？　もっと堂々と行きましょーよー」

「国外追放された要人を連れて、ピリついている大貴族達の領地を突っ切ってもよいと言うのであれば」

「無茶《むちゃ》はいけませんね。お忍びで行きましょう」

スピーシィは至極あっさりと前言を撤回した。ここら辺の理解はあるようでクロは安心した。

「加えて言えば、今はこういった輩《やから》が増えています」

王都が危機に瀕《ひん》し病が蔓延した時点で、国王は緊急事態を発令した。病の感染源がつかめず、人々は他人との接触を拒み、恐慌状態に陥り、次々と王都から逃げ出そうとした。

しかし、王都住まいの者達が外に出ることを国は禁じた。感染をむやみに外に広げるわけにはいかないという理由である。とはいえ、なら仕方がないと諦める者ばかりでもなかった。

「役人に賄賂《わいろ》を渡せるような金のある貴族は家族だけを逃がそうとします。しかし彼らは表立って街道を通るわけにもいきません。人目につきにくい道を選びます」

「金があって、しかも後ろめたいことを抱えた連中を野盗が狙うと……」

こういった道に野盗が増えるのは至極自然な流れであった。そして、それほどまでにこの国は追い詰められているということでもある。

王都を逃げ出す者を止めることもできず、そしてそれを狙う野盗を咎めることもできていない。

国としての機能が麻痺《まひ》している。

「あら、ひょっとしてこの国、亡国の危機なのでは？」

「ご明察です。さすが魔女様」

今更、とは言うまい。言葉では伝わりづらい。国の危機、その一端を理解してもらえただけ幸運と言える。

「魔女って呼び方、好きではないですね。かわいらしさ皆無で」

「ではやはり、スピーシィ様で」

「それはそれでちょっと他人行儀ではないです？」

他人では？　と言いたかったが、おそらくそれを言うと、彼女はふてくされて大変面倒くさいことになるので言わなかった。

「ではどうします？」

「プリンセスでもいいですよ？　あら、凄い顔」

「…………貴女が望むなら」

「冗談ですよお、信頼無いですねえ」

ケラケラと笑いながら、スピーシィは杖を振るう。クロが傷を負わせた野盗達の傷を癒やして回っていた。

ここに来る道中で襲ってきた野盗達も、迎撃後に彼女は癒やしていた。さすがに逃がしてやるようなことはしなかったが（巡回騎士が気付けるよう、信号魔術で合図も送った）、少なくとも死人は出さないように振る舞っていた。

「お優しいですね」

そう言うと、スピーシィは「はて？」と疑問符を浮かべる。

「怪我《けが》か病気で野鳥が血と泡を吹きながら、痙攣《けいれん》して道ばた転がってたら気分悪くないです？　今の私、そんな気分です」

死にかけの汚らわしい畜生と暗に言われた野盗達は泣いた。

「優しいと言ったこと、訂正した方がよいですか？」

「いいえ？　褒めてくれるのは嬉《うれ》しいですよ。どんどん褒めてください」

「お優しいですね、プリンセス」

「あら、良い気分」

スピーシィは楽しそうに笑いながら、先程より一・五倍増しの輝きで野盗達の傷を癒やして回った。回復魔術が強すぎて、野盗達が回復痛に悶《もだ》え苦しんでいたが、それは見なかったことにした。

◆◆◆

そうして野盗達の始末がついた後、真っ黒な空が少し白みがかってきた時間帯。

「さて、クロくん」

「はい」

クロとスピーシィは二人でたき火を挟み向かい合った。「すっかり目が覚めちゃったので朝ご飯の準備をしましょうか」というスピーシィのオーダーに従って、クロがテキパキと食事の準備を進める中、優雅にお茶を口にしながらスピーシィが語りかけてきた。

「今の間に約束を決めましょうか」

「約束ですか」

クロは少し手を止める。魔術師の〝約束〟となると、片手間に聞き流していい話ではなかった。

火を弱め調理の手を止めると、彼女に向き直った。

「貴方《あなた》の不安を解消してあげましょう、という話です」

「不安」

「私が逃げるかもしれないと思ってるのでしょう？」

クロは小さく溜息をついた。

「ええ。というよりも、貴女がここまで付き合ってくれたこと自体、不思議です」

本来であれば拘束するか、脅迫によって強引な連行をする予定だった。それが外道の所業であっても、クロは躊躇《ためら》うつもりはなかった。

しかしその試みは失敗した。彼女をこの場に引き留めることができているのは、本当にただただ彼女の厚意――と言っていいかは不明だが――によるものでしかない。

彼女が「不安」と言ったとおり、クロは悩ましく思っていた。実際彼女に「やっぱなし」と言われてしまえば、それだけで引き留める手段を失う。それくらい危うい立場にいる。

そんなクロの心中を察してか、スピーシィは意地悪く微笑《ほほえ》んだ。

「私が貴方を手伝うと決めたのは、気まぐれで、憐れみで、貴方個人への同情です。見た目良くてよかったですね」

貴方が屈強なむくつけき男だったら追い返して終わってましたよ。と、スピーシィはクスクスと笑った。改めて酷《ひど》い話だった。

「それに加えて、私自身の好奇心もあるのですが。まあ……今そちらはいいでしょう。ともかく今回の同行は私の気まぐれで始まりました」

ですが、と彼女は区切り、先程までのおちゃらけた態度から一転して、真剣な表情でこちらを見てきた。

「口約束だけではクロくんも納得しがたいでしょう？　だから、約束事を決めましょう」

正しく履行されるための契約《サイン》を執り行うと、彼女はそう言ってくれたのだ。クロからすれば、それは大変ありがたい申し出だった。本来であれば、こうして旅に出る前に決めておくべきだったのかもしれないが、あんな風にコテンパンにのされた以上、クロにそれを提言する権利は無かった。

だが、それを行う以上、確認しておかなければならないことはある。

「それはつまり、魔術としての契約《サイン》を行う、ということでよろしいのですか？」

「モチロン」

魔術の三つの識別、【術式《コード》】【祈禱《ブレス》】【契約《サイン》】。その内の契約《サイン》は本来、上位の存在との繫がりを得る一種の儀式だ。

だが一方で、双方の同意の下、魔術師同士でこれを結ぶ場合もある。

必ず守られねばならない約束を結ぶとき、魔術師達はそれを行う。破ればペナルティを付与することができるが、契約《サイン》をわざわざ結んだ魔術師はやむにやまれぬ事情でも無い限り、その契約《サイン》を破ることはない。

契約《サイン》の履行は、魔術師の本能に等しい。

不可能を可能とする万能の力を魔術師は有している。であるからこそ、契約《サイン》という約束は絶対のものとする縛りを自らに課す。それは自分達が人外の怪物ではなく、魔力を持たぬ弱き人と歩み寄ることができる同じ人間であることの証明のためだ。

——これを破る者、悪用する者は魔術師にも人にもあらず。駆逐すべき獣なり。

そういう徹底した決まり事が魔術師には存在している。契約《サイン》を破ったり、その契約《サイン》を悪用しようとする者は秘密裏に裁かれる。時に身内の魔術師の手で、時に会話を交わしたこともない旅の魔術師の手で駆逐される。

契約《サイン》はそれほど重い。それを交わすとスピーシィは約束してくれた。たとえ彼女が魔術師として規格外であっても、そこは信頼してもよいだろう。

「貴方の願いは【停滞の病】の究明ですね？」

クロは頷《うなず》いた。

「はい。原因の究明に力を尽くしていただきたい」

「すぐに解明することが困難だったならば？」

呪いや病の研究、解明は、一朝一夕で解決するものではない。場合によっては数十年、数百年とかかることだってある。現在の技術で解決が困難だった場合、スピーシィは寿命が尽きるまでこの問題解決に当たらなければならなくなる。それでは彼女も困るだろう。クロは納得した。

「では期限を定めましょう。一年以内に原因の究明が果たせなかった場合でも、契約《サイン》は履行されたものとすると」

「私が言うことでもないですが、一年でいいのですか？」

「一年以上解決の光明が見えなければ、王都はどのみちおしまいですから」

あら末期、とスピーシィは容赦なく述べたが正にそのとおり、末期だ。王都の状況に猶予などない。

「俺からの要求はここまでですが、スピーシィ様からは何かありますか？」

「ありますよ。だからこそ、この契約《サイン》を持ちかけたんですから」

スピーシィは笑った。身構えるクロの緊張を愉《たの》しんでいる彼女の姿はまさに魔女的だった。

「まずは、当然ですが報酬ですね。私が普段一日で稼ぐ金額の倍額は支払っていただきます」

「金銭ですむのなら……ちなみに、普段はどれほどの稼ぎなのか伺っても？」

尋ねると、あっさりと彼女はおおよその金額を答えてくれた。その金額にクロは一瞬言葉を失った。なぜ追放された女がそれだけの額を稼げているのか不思議だった。

とはいえ、あくまで個人の魔術師の稼ぎだ。国家規模の災害を解決するための出費と考えれば、それほど法外な額ではない。クロは頷いた。それくらいの金を動かす権限は、今回クロにも与えられている。

「そしてもう一つ」

「……それは？」

こちらが本命だろうと、クロは腹をくくる。果たしてどのような条件を出されるのか。

相手は魔女だ。人体実験の被検体くらいの条件を出されても、不思議ではない。

「いいいいい」

「私を守ってください」

しかし、クロの覚悟に相反して、スピーシィの出した条件は至極あっさりとしたものだった。

「守る、ですか？」

「はい。相手が誰であろうと、どのような状況下にあろうとも私を守ってください。ありとあらゆるものを天秤《てんびん》にかけても私を優先し、私の安寧を守り、最後は私の住まう塔へと帰してください」

「――……」

それは当然、と言おうとしてクロは言葉を止める。

本質的に、クロはスピーシィの味方ではない。むしろ敵だ。そしてこれから向かう王都でもそうだろう。彼女はグラストール王国そのものから現王妃暗殺未遂の烙印《らくいん》を押されて、追い出されたのだから。

私の絶対的な味方となれ。彼女はそう告げている。

そうでなければ、彼女はとてもではないが、病と策謀満ちる王都に足を踏み入れることなんてできない。その要求は当然だ。

そして、だからこそクロは躊躇う。それは場合によっては、自分の主を裏切ることにも繋がりかねない。

しかし、

――怠惰の魔女を連れ、王都に蔓延《はびこ》る【呪い】を根絶せよ。

「……承知しました」

「あら……断られるかも、と思いましたが？」

クロは覚悟を決めるように頷いた。

「主命を果たす。それは主《あるじ》と敵対することになろうとも、守らねばなりません」

その答えに満足したのか、スピーシィは微笑んだ。そして、

「よろしい。では〝騎士の誓い〟でもしましょうか」

「――……騎士、ですか」

「ええ、クロくんは騎士なのでしょう？」

クロは一瞬、返答を躊躇った。

騎士の誓い、主と定めた相手に対する忠誠の儀式《サイン》。誓約《サイン》とはまた異なるもの。スピーシィはそれを割と軽い、〝ごっこ〟のような気分で提案したのかもしれない。だが、それはクロにとっては――

「…………いえ、問題ありません。承知しました」

しかし、クロは全ての感情を飲んで立ち上がると、スピーシィの眼前で跪《ひざまず》いた。

「この事件が解決するまで、この魂、貴女の安寧のために使いましょう」

そう言って、自身の備えた魔剣を彼女へと献《ささ》げ、更に言葉を重ねた。

「影にしてまがいの騎士なれど、この一時、貴女の剣となることを誓います」

「よくってよ」

クロの誓いにスピーシィは微笑み、杖を掲げ剣に触れる。力の付与がなされ、影の魔剣は輝いた。

高位の貴族、魔術師が自らに剣を捧《ささ》げた騎士へと送る祝福《ギフト》であり、同時に、二人を誓いで結びつける儀式《サイン》でもあった。

「貴方が騎士の務めを果たす限り、主としての役目と使命を果たしましょう」

その宣誓と共に、二人の誓いは双方の魂に刻まれた。追放された姫君と、暗部の騎士。奇妙なる主と騎士の関係がここに結ばれたのだった。


「いやー、騎士様！　いいですね！　最近読んだ小説にカッコいい騎士様がお姫様をカッコよく護《まも》るシーンとかあって、ちょっと憧れていたんですよー！　ッキャー！」

「台無しですね、プリンセス」

「クロくん、ロマンスとか始めちゃいます？　星空を眺めてなにかロマンチックささやいたりしちゃいますか!?」

「先に食事にしましょう、プリンセス」

その後、ちょっと浮かれ気味に喋《しゃべ》るスピーシィを少しでも休ませるのに、苦労する羽目になるクロだった。

◆◆◆

その翌日。

「見えてきました」

夜が明け、再び幾つかの襲撃を跳ね返しながら馬車は進み、とうとう目的地が見えた。

王都グラストール。

十数年前の魔術革命によって、大陸で最も発展した魔術の大国である。中央にそびえ立つ塔を中心とした巨大なる建造物の数々は、遠目にも荘厳だった。

今あの国が病魔に冒されているなどと、誰も思わないだろう。

そして、ここここそが怠惰の魔女スピーシィの故郷とも言える場所だった。

「ああ、なつか……しくもないですね。見覚えがない建物ばかりですねえ」

しかし、当のスピーシィはそこに郷愁を覚えるようなことはないらしい。馬車の窓から、少し退屈そうにその景観を眺めていた。少なくとも、馬車から乗り出して、馬を操るクロの髪にリボンを無理矢理《むりやり》結びつけて遊んでいるときよりかは退屈そうである。

果たして大丈夫なのだろうか、とクロは思わなくもなかったが、そこはもう彼女を信じるほかなかった。クロはグラストールに続く道へと馬を走らせる。

「……本当にあれ建てちゃったんですねえ……」

だから、ぽそりと彼女が呟《つぶや》いた言葉の意味をクロは聞き逃していた。

三章 ✦ 王都の魔女 ✦ EPISODE 3

王都グラストールは滅亡の憂き目の中にあった。

言うまでもなく、原因は【停滞の病】である。

原因不明、対処不能、どう対策をすればいいかも分からず、人々は混乱の極みにいた。そこに法則性はなく、いつ誰が石のようになってしまうかも分からない。王都の住民達は大いに混乱し、血迷った。

なにそれが予防になるだとか、アレそれが間違いであるだとか。誰が嘘《うそ》をついているだとか、誰を信じれば間違いがないだとか。あらゆる根無し事が蔓延《まんえん》し、それに惑わされ、貴族も市民も等しく徒労を稼ぎ、金を失った。

結局、特効薬も特効魔術も予防策も何一つ正しいものはなかった。全員がただただ疲労した。その間にも停滞の病の罹患者《りかんしゃ》は増え続け、今の王都の有様がある。

現王にして【魔術王】と名高いローフェン・クラン・グラストールによって一新された大通り、白く統一された建造物の街並みに人気《ひとけ》はまるで無い。時折、停滞の病にかかり、死人のように地べたに転がる者もいるが、彼らを助ける者も治療所へと運ぶ者もいない。騎士団はおろか、憲兵すらもほとんどが巡回していない。

ここ十年の間で繁栄を極めていたグラストールの栄光は、影も形も無くなっていた。

その栄光を支えた最大の立役者、偉大なる【塔】の存在も今は空《むな》しく輝くばかりである――。

～とあるグラストール貴族の記録～

◆◆◆

さて、このような有様となった王都では、国の外へと逃れようとする者が後を絶たない。無論それは、王都の外に逃げ場所がある者に限った話で、そういった避難先がない者は、いつ停滞の病にかかるかという不安に怯《おび》えながら王都に留《とど》まることを選ぶ。

その恐怖に耐えられず逃げ出してしまった者もいるが、そういう者は大抵、野盗に食い物にされるか、あるいは他の村の者達から「病がうつる」と排斥されたりだ。

――という話を、スピーシィは若い番兵の男からダラダラと説明を受けていた。番兵達にも等しく病の罹患者が出たのか、否応《いやおう》なく人手が減り休みが無いと嘆く彼は、その八つ当たりなのか聞いてもいない王都の憂いの事情をペラペラと話してくれた。

「それだっていうのに、わざわざこの国に来るだなんて変わってますね」

「ええ、本当は来たくなかったんですが、仕事の関係でやむを得ず」

「はっはっはー。互いにツイてねえっすねえ」

「本当に」

あっはっは、と二人で笑い合う。

この番兵、だいぶ口の利き方が雑だが果たして咎《とが》められないんだろうか、という気がしないでもなかったが、見れば他の番兵達も顔色はあまり良くない。若い部下の言動を咎める心身の余裕がないことがありありと伝わってきた。

「まーなんというか、とっても辛気くさいですねー」

「現実として、滅ぶ寸前ですからね」

と、そこにようやく手続きを終えたクロが戻ってきた。

上からの命令で自分をここに連れてきたのだから、何かしらの通行証みたいなのを持って一発パス、という流れにできないものかと期待したが、残念ながらそんなものはないらしい。

「これ以上無駄に目立つ意味もありませんから」

と、クロは淡々と手続きをすませて言った。

たしかに、現時点でスピーシィ達は既に目立っている。何せ王都を出るのではなく、入るのだ。この時点でだいぶ目立っている。

その上何かしらの強力な手形を使えば、それはもう大目立ちするだろう。スピーシィ的にもそれは大変望ましくないので、文句も言わなかった。

そんなわけでスピーシィ一行は王都に入ったわけなのだが、目に映る光景は番兵達の様子からも分かりきっていたとおりに悲惨だった。

人気《ひとけ》がまったく無い。

仮にも大国の王都とは到底思えぬほど閑散としており、人を見かけても数えるほど。そんな彼らも顔色悪く、仕事も無いのか力なく座り込んでいるばかりだ。倒れ込んで身じろぎすらしない者もいる。寝ているのか、死んでいるのか、あるいはそれこそ聞くところの【病】なのか遠目には判断できなかった。

【契約《サイン》】をクロと交わしているスピーシィとしては、モチロンこれから【病】の元凶を調べなければならない。とはいえ、さすがに遮二無二調査をしなければならないかと言われればそんなことはない。手を抜くつもりはないが、正しく休みも睡眠も取らずにやれば逆に非効率で、その方がむしろ契約違反というものである。

つまり、何が言いたいかというと、

「つーかーれーまーしーたー。まずは宿で休みましょー！」

疲れたのである。舟で揺られて、馬車に乗って、途中で野営まで挟んでいるのだから疲れるったら疲れる。

こちとら旅なんて何年もしていないのだ。さすがに休みを要求したところで、契約違反とはならないはずだ。

「……ですね。さすがに、俺も疲れました」

「疲れましたか？」

「ええ。こちらへ、用意した拠点があります」

「あら、クロくんのおうち？　行きます行きます」

「急に元気になりましたね。スピーシィ様」

クロ少年の突っ込みは無視して、足取り軽く（といっても馬車に乗っているが）スピーシィはクロの家へと向かった。

男の子の家に行くなんて初めて！

◆◆◆

クロ少年が案内した場所は、王都の大通りから外れた路地裏だった。

真新しい、高い真っ白な建造物によって日差しが遮られて、なんだかジメジメとした裏路地であり、先に見た表通りよりも更に増して辛気くさい空気が漂っていた。

だが、スピーシィはまるで気にしなかった。わくわくとした表情でクロの案内してくれた住居――年季の入った二階建ての建物の中へと足を踏み入れ、

「なんっもない！」

「それはそうでしょう。あくまで仮拠点《セーフハウス》ですから」

そしてがっかりした。

何せ本当に、なんにも無かった。家具の類いも無し。テーブルすら無い。古びたベッドはあったが、それも一つきりで、それくらいだ。正直、人間の住む環境ではない。

「水道とかは？」

「井戸ならば近所にありました」

「なぜ過去形？」

「停滞の病の原因は水だと信じられて、埋め立てようという案が出ました」

「あら乱暴。で、どうでした？」

クロは首を横に振った。まあ、さもありなんである。そもそもそこで原因が判明しているなら、スピーシィをわざわざ塔から引っ張り出す必要は無い。

つまり、近場の井戸すら無いということだ。なるほど、とスピーシィは納得し、そしてニッコリとクロに微笑《ほほえ》みかけた。

「家に帰ってよいです？」

普通に居住環境は圧倒的に塔の方が良い。あちらは、スピーシィが術式《コード》を組んで整備したため、上下水道共に完備しているのだ。

一年と契約《サイン》で期限を設けたが、こんな場所ひと月もいたくはなかった。

「お望みならば、無事な井戸から何度でも水を汲《く》みますので、お願いいたします」

そんなスピーシィの不満も想像ついていたのか、クロは平伏する。まあ契約《サイン》がある以上、本当に帰るつもりはなかったが、とはいえ、生活環境を整える努力はしてもらわねば困る。

どの程度となるかは分からないが、これから暫《しばら》く二人でここに住まうのだから。

「まー仕方ないですね。適当に術式《コード》組んで水創りますか。後で、背中を流してくださいね」

「承知しました。スピーシィ様」

「クロくんも流してあげましょうか？」

「それは結構です。スピーシィ様」

ドサクサに言ってみたが、そこはきっちりと断られた。貞操観念はきっちりしているらしい。

◆◆◆

そうして、スピーシィは馬車から持ち運んだ荷物を何も無い部屋の中に広げた。いったいあの馬車のどこに入っていたのだろうかと思えるほどの機材が大量に運び込まれ、並べられ、あっという間に魔術師の工房らしい様相へと変わった。

「さて、これからの調査の流れですが」

「はい」

クロが淹《い》れた紅茶を優雅に飲みながら、スピーシィは口にする。

「ひとまず、病の罹患者の状態を診たいですね。そうしないと話は始まりません」

「承知しました。では、治療院に連絡を――」

そう言おうとすると、スピーシィは首を横に振った。

「治療院にいるのは、おそらく重度の患者でしょう？　同じような症状ばかりでは、あまり望ましくないですね。いろんな段階を見てみたいです」

あまり、治療院に顔を出して目立ちたくもないですし、とスピーシィは付け足した。

「目立ちたくない、ですか。もちろん貴女《あなた》の立場を思えば、あまり悪目立ちすべきではないですが」

「嫌ですねえクロくん。私はこの国をまったく信用していませんよ。言いたいことは分かりますよね？」

「はい」

クロは頷《うなず》いた。クロとてそれはそうなのだ。だからこそ、彼女と王都に入るとき、ひっそりと潜むようにして侵入したのだから。

「クロくんの主様《あるじ》に私の研究を報告するのは結構ですが、私の居場所を伝えるのはやめてください。これは私の身を守る、騎士である貴方の役目です。よろしいですね？」

「承知しました」

しかし、そうなると必然的に動きが制限される。それは避けようがなかった。

「では、どうします？」

「どうせ、王都の状態を見る限り、番兵達もほとんど機能していないのでしょう？」

そう言って、スピーシィは楽しそうに笑った。

「闇医者稼業、始めましょうか」

◆◆◆

王都に病が蔓延してから、多くの治療法、解決策が試みられた。その試行錯誤を行う者達の中には、根拠も効果も大変に疑わしい代物を高値で売りさばく〝偽治癒術士〟の類いも現れた。

彼らは火急となった王都で更にその不安を煽《あお》り、混乱を招いて惑わした上で二束三文の役立たずの商品を高値で売りつけ、大金を稼ぐ。悪辣なる火事場泥棒も同然だった。

しかし、そんな彼らを咎めるだけの体力もグラストールには存在せず、一時は大変に問題となっていた。

とはいえ、そういった悪党達も停滞の病からは逃れられず、最終的には逃げ出したことで治安の安定を取り戻したのが今の王都の状況だ。

それは喜ばしい結果とは言い難い。国の困窮で金を稼ごうとする邪悪すらも裸足《はだし》で逃げ出すのが、今の王都ということなのだから。誰もが救いを求め、しかし諦めつつあった。

ところが、そんな王都の裏路地で奇妙な噂《うわさ》が広まった。

ローブを纏《まと》った美しい女が夜な夜な若い少年を従えて、【停滞の病】にかかった患者達を探しているのだという。

しかも、火事場泥棒のような輩《やから》とは違い、金を取らず、むしろ逆に少額であるが金銭まで与えてくれるのだという。

最初は、あまりにも都合が良くて、救いを求めた貧困層の妄想かと思われていたが、目撃者や実際に治療を受けたという者まで現れて、どうやら実在するらしい、ということとなった。

どこから現れてどこを拠点にしているのかも分からない。彼女に接触した者も、魔術がかけられたのか記憶が曖昧になっていてハッキリと覚えてはいない。

しかし、裏路地に住まう彼らは、その女を救いに感じた。いつの間にか、住民達は彼女をこう呼ぶようになった。

裏路地の聖女《マリア》と。

◆◆◆

「と、呼ばれているようです。スピーシィ様」

「あらやだおもしろーい。自分達の血税を湯水のように溶かしてるって聞いたら、どんな顔するんでしょう」

スピーシィはケラケラと笑う。裏路地を中心に怠惰の病の患者を捕まえては、調査の被検体として預かるという作業は比較的順調だった。

やっていることは、要は弱った人間を金を餌につり出して、その身体《からだ》を調査するという実に荒っぽいやり口であり、どこが聖女《マリア》だと思わなくもなかったのだが、的を射ている部分もあった。スピーシィ自身はその呼び名に爆笑しているのだが――。

「実は身体が重くて、身体が熱くて！　停滞の病かも」

「ただの風邪ですよ、それ。さっさと寝てください」

「頭が割れるように痛くて……！　停滞の病が俺の身体にも!!」

「二日酔い。仕事無いからって酒飲みすぎないでください」

停滞の病とはまったく関係ない病にかかった人物達の治療も、スピーシィは行っていた。さすがに治験代を彼らに払うことはなかったが、治癒術（と、記憶の混濁術）をかけてやる程度の慈悲はスピーシィも見せていた。

「スピーシィ様は医学の心得もあるのですね」

的確に診断を進めるスピーシィの姿に、クロは感心していた。彼女が優れた魔術師であるのはクロも理解していたが、病を診るのには人体に纏《まつ》わる詳細な知識も必要だ。魔術の術式《コード》を組むだけでも、膨大な知識と鍛錬が必要なのだ。そこに加えて医学も併せてとなると、彼女の英知は本当に底が知れない。

「昔取ったた杵柄ってやつですね。まあ、そんなことよりも」

しかしそんなクロの感心も、スピーシィはさらりと流した。彼女の視線は、見送った二日酔いの男でもなく、クロにでもなく、本命達に向けられていた。

「────…………」

「ああ…………」

「…………」

スピーシィが集めた、路地裏で【停滞の病】に罹患した患者達。治療院にも通うことが叶《かな》わず、苦しんでいた者達。貧困層の住民とはいえ、今や王都では珍しくもない者達が複数人、スピーシィの用意した簡易ベッドに横たわっている。

間違いなく、彼らは停滞の病にかかった者達だった。

皮膚は土気色に変色し、身体は身動きも取れずに固まっている。体温もほとんど通ってはおらず、息はしているが酷《ひど》く小さく浅い。

何よりも彼らの表情が痛々しい。徐々に身じろぎもできなくなり、苦悶《くもん》に悶《もだ》えた表情で石のように固まっている。あまりにも恐ろしい姿だった。

そうした苦しみを目の当たりにさせられるからこそ、この停滞の病は特に恐れられているのだ。

「……ふむ」

そんな彼らをスピーシィは次々と診た。

まだ口が利ける者には当人から、そうでない者からは家族やその周囲の近隣住民達も含めて総ざらいで話を聞き込み、情報を集め、血液を採取し、体内の魔力を確認する。

あらゆるものと情報を短期間で採取し尽くした魔女は、身じろぎできずに呻《うめ》く彼らを見下ろし、静かに唸《うな》った。

「どうですか？」

「たしかに興味深い症状ですね、停滞の病」

「その割に驚きは少ないですが」

「彼らを診る前にも何度か見かけましたし」

「ああ、路地に転がってる者達でしょうか？」

「いえ、野盗連中ですよ」

「――待ってください、彼らも停滞の病にかかっていたのですか？」

クロは驚愕《きょうがく》に顔を上げた。

現在、停滞の病が確認できているのは、あくまでも王都を中心とした場所のみだ。王都から離れれば病の比率は明確に落ちる。だからこそ王都から人間がどんどんと離れていったのだ。

だが、野盗連中がいたのは王都の外だ。そうなると話がかなり違ってくる。

「ええ。彼らを診たときは、他のサンプルも少なかったので確信は持てませんでしたが、他の皆の症状を診て確信を得ました。何人か、おそらく前兆と思われる症状を発症していましたよ」

「…………想像以上に、我々に残された時間は少ないかもしれませんね」

一年と区切ったが、もっと早くにこの国は滅ぶ。そのことをクロは覚悟した。そんなクロを余所《よそ》に、スピーシィは肩を竦《すく》める。

「ある程度の資料は集まりましたが、数は足りませんね。特に、種類が」

「種類」

「やはり、魔術師の被検体は欲しいですね」

「ああ……」

魔術師、それはつまり貴族の被検体が必要だということだ。しかしそうなると、途端に難易度は上がる。彼らは金ではそう容易《たやす》く釣られないだろう。治療も自分達専属の治療魔術師か、スピーシィのように自分達自身で診るハズだ。

そもそも貴族の者達は平民よりもスピーシィのことを知っている比率が跳ね上がることだろう。今のように、上手《うま》く姿を隠すというやり方自体が難しくなる。

暗部の騎士であるクロに貴族のツテは少ない。あるとすればスピーシィの方なのだが。

「スピーシィ様には、貴族の知り合いはいらっしゃらないのですか？」

「私、友達沢山《たくさん》いると思います？」

「いいえ。まったくこれっぽちも思いませんが」

「あら。素直でかわいいですね、クロくん。ポチって名前に改名いたしましょうか？」

「お許しくださいプリンセス」

クロは平伏した。スピーシィはうりうりとクロ少年の頭を魔術の杖《つえ》でつっつきながら、溜息をついた。

「貴族方面に友達が少ないのは事実ですけどねえ。まあ、いるっちゃいるのですが」

「が？」

「王都の外の【周華貴族】なんですよ。バレンタイン家の長女なんですけど」

む？　とクロは首を傾げる。

スピーシィを訪ねる前、彼女の情報を可能な限り調べたクロは、当然その家名に聞き覚えがあった。たしか、その家の長女ミーニャ・ホロ・バレンタインは――

「彼女は今、王都を訪ねているみたいですが？」

「え!?」

「え？」

二人は顔をつきあわせて、首を傾げた。

◆◆◆

二十年前。

王立ガルバード魔術学園にて、

「だから何度も注意したのよバカスピーシィ!!」

ミーニャ・ホロ・バレンタインは、自分の友人が追放刑を受けるという前代未聞の経験をする羽目になった。

スピーシィ・メイレ・クロスハート。

彼女の友人になったのは失敗だったと思ったことは何度となくあったが、この日は心の底からそう思った。

なんでこんな厄介で面倒で、トラブルまみれの女の友人になってしまったのだろうか!!

「もう少し上手く立ち回っていたら追放なんて……！」

次期王妃の座を奪い合う政治戦。

王子の学園への入学が決まった段階で、その争いが勃発することは目に見えていた。そしてその戦いの矢面に立つのが、最も強い権力を持ったクロスハート家の長女、スピーシィになることも。

それは何度もこの女に説明した。根回しするように説得もした。なのにこの有様である。

「さてはアンタ、マジでなにもしてこなかったな……!?」

「してきませんでした」

「おばか……!!」

酷い話だった。

なにがアレって、プリシアの味方に誰であろうクロスハート家の長男で、彼女の兄であるスザインも存在しているのが本当にアレである。

クロスハート家はスピーシィを護《まも》るよりも、彼女を斬り捨ててクロスハート家を護ることを選んだのだ。

実の娘を斬り捨てたクロスハート家の冷酷さを嘆くべきか、
その選択をクロスハートに選ばせるまでに立ち回ったプリシアの巧《うま》さに舌を巻くべきか、
その状況に至るまで自分の窮地に気付かなかったこの【怠惰の魔女】に呆《あき》れるべきか、
ミーニャには判断しかねた。

「まあ、大丈夫です。追放と言っても、辺境の地の監視って仕事になるみたいですから」

「やっぱアンタが全部わるいわ」

コッチの心配を無視して「まあ大丈夫っしょ？」みたいな態度でいるスピーシィに、ミーニャは判断を改めた。

たしかにこの女なら、従者も無しにたった一人で追放者ばかりの荒廃した土地に飛ばされようが、平然と生きてはいけるだろう。

理解できていない者もいるが、彼女は正真正銘、本物の魔術の天才なのだ。その身一つさえあれば、この女は自分の望むものを作り出す。

ソレこそ童話に出てくる魔女のごとくだ。

だからまあ死にはしないだろう。それでもムカつくはムカつくし、心配は心配なのだ。

「なんでコイツの友達になっちゃったのかしら……」

「私がぶっ倒れてたときに、餌付けしてくれたからですかね？」

そうだった。

中庭でなぜか餓死寸前になってるこの女に、うっかり実家のお菓子で餌付けしてしまったのが全ての始まりだった。つまり自業自得である。なんてこった。

「まあ、大丈夫ですミーニャ。私は死にませんから」

「そりゃアンタは殺されようが死なないでしょうけども……」

「それと、ごめんなさい」

「は？」

聞き慣れない言葉に一瞬耳を疑うと、スピーシィは頭をかかえるミーニャをふんわりと抱きしめて、そして小さく言った。

「心配をかけてごめんなさいね」

「私も……友人と名乗りながら、結局助けられなくてごめんなさい」

ミーニャは、彼女の背中に手を回して抱きしめかえした。

このどうしようもなく魔術の研究にしか興味の無い困った友人が、それでも離れてしまうのは寂しかったし、悔しかった。

この後悔を一生忘れはすまいと、ミーニャはこのとき誓ったのだ。

◆◆◆

「……ん」

懐かしい夢を見た。そう思いながら、ミーニャ・ホロ・バレンタインは目を覚ました。なぜに二十年ぶりの忌まわしい思い出を今更思い出すのか。やはり王都を久々に訪ねたからだろうか。

疲れていたのだろうか。バレンタイン商店の執務室、その机で眠ってしまっていた。

硬くなった身体を伸ばして窓を開けると、淀《よど》んだ空と辛気くさい顔色をした王都の民が大通りをぽつぽつと徘徊《はいかい》し、やけに白々しく感じる真新しい王都の建物が並んでいるのが見えた。

数百年前から大陸に存在するグラストール王国の王都。

長い歴史のある都市である。それを示すように、街並みには見るからに歴史を感じさせるような古い建物が散見された。それを古くさく小汚いととるか、長い歴史の証明として誇らしく思うかは人にもよるだろう。どちらかが正しいという話でもない。

が、少なくとも現在の王都を支配する者にとって、古い建物は「小汚い」と、そう認識されたらしい。王都の中央、王城へと続く中央通りに連なる建物は、全て真新しい建物に刷新されていた。

真っ白な建材によって建築された美しい白い建物が立ち並ぶ。

たしかにそこには統一された美しさを感じる。

が、王都の状況を鑑みると、その美しさは空しさがセットでついて回る。淀んだ空も合わせて、酷くさみしさを覚える。

勿論《もちろん》、いくらかの偏見が入っているかもしれないし、あるいは天気が原因なのかもしれない。ここ最近、ずっと王都の天候はこの有様だ。それが王都の国民を更に陰鬱とさせていた。


だが、何よりも空しく見えるのは、王都の街並みの中心にそびえ立つあの【塔】だ。


【神魔の塔】と呼ばれる塔。グラストール王国に圧倒的な力を与えたその塔は、今なお存在感を放ちながら王都の中心に座している。

あらゆる不可能を可能とした万能の塔。現国王に【魔術王】の称号を与えるに至った、無尽の魔力を生み出す恐るべき建造物の姿が、今は空しい。

なにせ、その塔は何一つとして、この国の現状を救ってはくれなかったのだから――――。

「ミーニャ、様」

物思いにふけっていると扉が開かれる。入ってきたのはバレンタイン商店の従業員達だった。土気色の重たい身体を引きずるようにしてやってきた少女を見て、ミーニャは悲しさを隠すように微笑みを浮かべた。

「ああ、ダメよ。眠ってなければ」

「でも、何もかもミーニャ様に任せてしまっては……」

食い下がろうとする少女の頭を撫《な》でて、ミーニャは首を横に振った。

「いいのよ。無理してはいけないわ。休んでいなさい。さあ」

王都周囲に土地を持たない【周華貴族】であるバレンタイン家の長女、ミーニャが王都に来た理由は簡単だ。

自分達が王都に出店しているバレンタイン商店の店員達を守るためだ。【停滞の病】に罹患し、王都の外に出ることもままならなくなった彼女達を救うためである。

停滞の病に罹患した時点で、王都の外に出ることを制限される。病が王都の外に広がるのを防ぐためだ。その処置自体に文句はないが、結果として王都に出稼ぎに来ていたバレンタイン領の領民達が閉じ込められてしまったのは見過ごせない問題だった。

助けに向かいたいが、それを望む者は現れなかった。停滞の病がいかに恐ろしいか、皆知っていたのだ。

――だからといって、なにも君が出なくても……。

――バレンタイン家は領民を見捨てない、と示せるのは良いことでしょう？　いざというときは子供達をお願いします。

ならば自分が行く、と言おうとした旦那を制してミーニャは王都の商店の救助に向かい、そしてそこで、王都の現実を目の当たりにすることとなった。

——ミーニャ、様……。

ろくに身動きも取れずに、地面に転がって放置された領民達。それを助ける余裕も無く、放置された現状。人気《ひとけ》のまったく無くなったグラストール王都。

この世の地獄だった。

もしもミーニャが来なければ、本当に死んだとしても彼女はそのままの場所に転がされていたことだろう。

停滞の病にかかると、食事すらとれなくなる一種の仮死状態に近くなるとは聞いていたが、限度というものがある。

ひとまず、身じろぎできない者達をベッドに寝かせることまではできたが、そこから先の解決の見込みは無かった。

病の研究は進んでいると聞いてはいるものの、果たしてどこまでが本当か疑わしいものだ。

「どうしたものかしら……」

ダラダラと先の見えない状況下でここに居続けて、自分も病にかかってしまえば身も蓋もない。否《いな》、もう既に罹患している可能性も——。

「悩ましそうですね。ミーニャ」

「そりゃそうでしょ。まったく、ただでさえスピーシィの方もなにか胡散《うさん》くさい動きをしてそうなのに」

「そうだったんです？」

「そうよ。貴女も気をつけなさいよ、スピーシィ…………スピーシィ？」

横を見ると、なぜか知った顔の女が執務室に入り込んでいて、置いてあった菓子に手を伸ばしていた。

「あ、お菓子。いただきますねミーニャ」

「……なにしてんのアンタ?」

「遊びに来ました」

二十年来の困った友人であるスピーシィは、至極当然というような顔でそこにいた。

◆◆◆

グラストールが誇る一大菓子商店、バレンタイン商店の責任者として働き始めてから十数年。バレンタイン家当主としての役割を夫に託して、店を切り盛りしてから、本当に様々なトラブルに直面してきた。

時に人間不信に陥るような、信じられない所業を仕出かしてくる者を相手にしなければならないこともあって、沢山の苦労をしてきた。

それでも、なんだかんだと今日まで乗り切ってきた彼女だったのだが、その日の彼女の頭痛はそれまでの比ではなかった。

「色々と言いたいことはあるんだけど」

「はい」

理由は明白だ。

「な・ん・で・あんたは王都に来てるのよ……！」

混迷の只中にある王都グラストールに、絶対にいてはならない女が来ているからだ。

「言ったわよねええ……！　王都が今とてつもなくヤバいから絶対に近付くなってぇ……！」

「そういえば、言っていたような……言ってなかったような――いひゃいれすいひゃいれす」

頬《ほお》を引っ張り上げると、スピーシィはピーピーと喚《わめ》き始めた。このアマ、いつもどおり人の話をまったく聞いていなかったようだ。

「聞いていないのに上の空で返事する悪癖をやめろって何度も言ってんでしょうがぁ……」

「ひゃほははへおあはおうぁ」

何か言いたげだったので手を放す。少し赤くなった頬をさすりながらスピーシィはむぅと口先を尖《とが》らせ、子供のようにプリプリと怒りだした。

「私だって来たくて来たわけじゃないんですもーん！」

「じゃあなんで来たのよ」

「誘拐されてきました」

「嘘こけ」

魔術の使えない商人の娘を誘拐するとかならまだしも、子供でも魔術を扱える貴族を誘拐するなんてケースはほぼない。【術式《コード》】が使えなくても、感情によって発動する【祈禱《ブレス》】が暴発してしまう可能性が高いからだ。

まして、この魔術の申し子のような女を誘拐なんてできる者がいるとしたら、とんでもないゴリラかとんでもない魔獣のどっちかだ。

「嘘じゃないですよー。ほらこのクロくんに誘拐されたんです私。悲劇のプリンセスです」

「アンタどっちかっていうと惨劇の大魔王よ……クロ？」

聞きなれない名前に首をかしげると、スピーシィは自分と一緒にやってきた黒い髪の少年を指さす。

ミーニャはされるがままにぷにぷにと頬をつつかれている少年の姿に、眉を顰《ひそ》めた。スピーシィのアホにオモチャにされて可哀想《かわいそう》に、というわけではない。少年の姿に見覚えがあったのだ。

「【影の騎士団】……？」

「知っているのですか……？」

その言葉にクロが顔を上げる。少し意外そうで、驚いた表情を浮かべていた。

「知ってるわ。兄が【教会】に勤めているから、その流れでね」

「バレンタイン家の長男……なるほど」

少年の出自がどういうもので、今スピーシィがどういう事態に巻き込まれているのか、段々と分かってきた。しかし分かったところで、ミーニャができることは少ないのだが、

「二人して秘密のお話ズルいです。私も交ぜてくださーい」

「アンタ微塵《みじん》も変わってないわね……」

そんなこちらの懸念など知ったことか、というようなスピーシィの態度にミーニャは呆れた。

魔術の大天才で、おおよその問題はその研究と才覚によって強引に解決できてしまうのに、それ以外の分野に関しては酷く残念極まる。その姿は二十年前から変わっていない。

彼女が追放されてからも連絡は取っていたので、勿論そのことはミーニャも把握していたが、こ

うして直接再会するのは本当に久しぶりだ。自分まで二十年前にいきなり引き戻されたような気分になる。

「ミーニャは老けましたね」

「お？　ケンカか？　買うぞ？？？」

この無礼極まる女の態度も相変わらずだった。ぶん殴ったろうかとミーニャは思った。

そりゃ老けるのは当然だ。既に学生の頃から二十年である。二十年！

ついこの前赤子だったように思えた自分の息子達も、自分が入ったのと同じ学園に入学するまでになっているのだ。顔の皺《しわ》も消えなくなってきて久しい。

別に今更若さに対して未練があるわけではないが、目の前の同じ年で艶々肌の女にそれを言われると普通に腹が立つ。

「良いじゃないですか、貫禄《かんろく》付いて頼れる女主人って感じで。カッコ良くて好きですよ」

「……そりゃどうも」

「私はまだまだピッチピチですけどね」

「やっぱケンカだな買ってやるよこの女」

ミーニャは二十年ぶりに、友人と顔を突き合わせてケンカした。

◆◆◆

「で結局、なんでわざわざ訪ねてきたの？」

しばらくの乱闘の後、ミーニャは改めてスピーシィに尋ねた。ものぐさな彼女がわざわざ自分からここを訪ねてきたのだ。単に遊びに来た、なんてことはあるまい。

するとスピーシィも真面目くさった顔で頷いて、誰であろう、ミーニャ自身を指さして言った。

「身体、調べさせてください。停滞の病を調査しているので」

停滞の病の調査、という言葉に驚きはなかった。【影の騎士】に誘拐されて、という時点で、彼女がここにいる目的はある程度想像がついたからだ。

しかし、

「……それって、私が感染してるかもしれないって言いたいの？」

「しているかも、じゃなくてしていますよ」

スピーシィは首を横に振り、至極冷淡な表情で断言した。友人相手に伝える言葉としてはあまりにも冷酷だ。

しかし、スピーシィはそういう女だ。今更そんな彼女の態度に悲しんだり傷ついたりはしない。

やれやれと肩を竦め、ミーニャは頷いた。

「いいわよ……ウチの領民達も診るんでしょう。あの子達を看病している広い部屋で一緒に診てもらいましょう」

「……よいのですか？」

実にあっさりとスピーシィの要求を呑《の》んだことに、クロ少年は意外そうな顔をするが、ミーニャはなんでもないように微笑んだ。

「慣れたわよ。貴方もそのうち慣れると思うわ」

「……そうなる前に事態が解決してほしいんですがね」

◆◆◆

同時刻。

王都のどこもかしこも静かで微塵も人気《ひとけ》が無くなっていたが、バレンタイン商店の周辺は物騒な人影が集まっていた。

「――か？」

「…………ああ――」

「――げ…………――」

彼らは言葉少なく、徐々に、そして確実に商店を取り囲み、接近していた。

異様とも言える光景であったが、外を出歩く者もほとんどいない王都で、それを見て咎める者は誰もいなかった。

◆◆◆

「やはり感染していますね。それも中程度の進行、もうすぐ身体の自由が利かなくなるかと」

商店の倉庫の物を移動させて作り出した、簡易の大広間。停滞の病に感染した皆を集めたその部屋で行われたスピーシィの緊急診断の結果は、想像どおりまったく望ましくないものだった。

「……そう」

「そんな……ミーニャ様！」

その言葉を聞いたミーニャは静かに溜息をつき、それを聞いた彼女の部下、まだ病の進行浅く、動ける店員達はか細い悲鳴をあげて、絶望的な表情を浮かべた。

「私達のせいで！」

そう思うのも当然だろう。実際、身動きが取れなくなっている彼女達を看病するためにミーニャはやってきたのだ。そのおかげで彼女達は冷たい地面からベッドに移動できて、人間としての最低限の尊厳は取り戻すことができたわけだが、そのために主が自分達と同じ病にかかってしまって喜べるはずもなかった。

「いいえ、あなた達が悪いのではないわ。ここに来たとき、覚悟は決めていました」

しかし、そんな彼女らを励ますように、ミーニャは微笑みを浮かべる。

スピーシィを相手にしていたとき、彼女はどこか子供っぽい反応であったが、既に彼女は三児の母だ。店員達を気遣う表情には慈愛が満ちていた。

その温かな表情は彼女達の心を癒やしたが、しかし縋《すが》るわけにもいかなかった。

店員の一人がスピーシィに向かって叫んだ。

「スピーシィ様！　この病は人から人に感染するものなのですか!?」

「ああ……いえ、それは違いますね」

「でしたら！　ミーニャ様を！」

「ダメよ」

彼女だけでも王都からの脱出を、と提案しようとした矢先、当のミーニャから首を横に振られた。

「どうして!?」

「私が王都に入ったことは知られてる。病を抱えて王都の外に出れば、バレンタイン一族は感染を広めた疑いをかけられるわ」

たしかに、既にミーニャのことは王都にも知られているはずだ。そうでなければスピーシィ達もここを訪ねては来ないだろう。

たとえ戻れたとしても、もしその後バレンタイン領にこの病の感染者が現れれば、領民達が「停滞の病をミーニャが持ち帰った」と疑うのは目に見えている。

スピーシィは人同士では感染しない、と言っていたが、未《いま》だこの病は誰も正体をつかめていない未知の病なのだ。

ミーニャは、ここに来た時点で自分がバレンタイン領に帰れない覚悟は決めていたのだ。

「でも、そんなの……もうどこの貴族もやらかしています！」

「その悪い行いを真似《まね》することもないでしょう。逆に貴方達だけなら、上手く誤魔化せる。スピーシィ、お願いできる？」

「ミーニャ様！」

「盛り上がってるところ悪いのですけど」

そこに、スピーシィが口を挟んだ。

全ての元凶、では全然まったくないはずなのだが、なんだこんちくしょう！　という気分で店員達がスピーシィを睨《にら》むと、彼女はけろっとした表情でさらっと言った。

「治せますよ？　ミーニャ」

「は？」

「え？」

なんだって？　と問い直そうとした次の瞬間、倉庫に付いてる窓がかち割られて、外から何か巨大な球体が投げ込まれた。

それは、魔術を封じた使い捨ての魔道具──【魔封玉】であり、それが今にも炸裂《さくれつ》するように脈動していた。

「「は!?」」

「伏せてください！」

クロ少年が叫ぶ。同時に、倉庫の中は激しい光に包まれた。

◆◆◆

魔封玉。

それが倉庫の中に放り投げられた時点で、クロは現状のおおよそを理解していた。魔道具の類いを躊躇《ちゅうちょ》なく使用できるのは、魔術に心得のある者達だけだ。

それを投げ込んできたのは魔術師。そして封じられていた閃光《せんこう》の魔術によって、相手を殺すのではなく無力化することを選んだ時点で、それは決定的となった。

「なに!?　怖い！」

「まっぶし……!?」

「目、いったい……」

「皆そのまま、その場を動かないように」

従業員達に呼びかける。といっても、呼びかけるまでもなく先程の閃光で彼女達の大半は無力化され、身じろぎも取れず呻いていた。

「しぱしぱしますねえ」

クロ以外で無事なのはスピーシィと、そのすぐ傍《そば》で彼女に守られるように結界を張られたミーニャのみだった。

しかしそれを見て、二人が無事で良かったと喜ぶ暇などない。むしろ状況はこれからなのだ。

倉庫の扉が開かれ、ドタバタガシャガシャと金属音の伴った足音が複数、入ってくる。そして瞬く間にクロ達のいる奥までやってくると、一斉に周囲を取り囲んだ。

彼らの姿を勿論クロは知っている。

グラストール王国が誇る騎士団の姿。それもグラストールで最強と名高い【魔甲騎士団】と呼ばれる者達の姿だった。そしてその中で、隊長と思《おぼ》しき大男は、【術式《コード》】の刻まれた大剣を引き抜くと、その切っ先を誰であろうスピーシィに向けて、宣言した。

「怠惰の魔女スピーシィ!!　王命に従い、停滞の病をばらまいた国家反逆罪の容疑で拘束する！」

「あらまあ」

その厳《いか》めしくも恐ろしい宣告を、スピーシィは非常に軽い調子で受け止めるのだった。

四章 停滞の病 EPISODE 4

国家反逆罪の容疑。

という言葉を聞いた瞬間、ミーニャは頭に血が上るのを感じた。

不愉快な言葉だった。

二十年前、スピーシィが投げつけられた言葉だったそれが、二十年の時を超えて再び彼女に叩《たた》きつけられているその事実が、あまりにも不愉快だった。

同時に、その言葉がこのタイミングで彼女に叩きつけられた時点で、一つの推測が否応《いやおう》なく像を結んだ。ミーニャは身体《からだ》を跳ね上げさせて、そのまま近くにいるクロへとつかみかかった。

「つぐ」

「やっぱりそういう筋書きにするつもり!?」

スピーシィが連れてこられた。という時点で、ミーニャは否応なく最悪を想像した。責任の所在を問われ、あらゆる意味で困窮極まるグラストール王家が取れるであろうその場しのぎ。

都合の良いスケープゴート。全ての責任を押しつけるための贄《にえ》として、スピーシィが選ばれたのではないかという懸念。

二十年前もそうだったのだ。

現王妃の暗殺未遂という存在しない罪。それだけでも根も葉もない話だったが、それ以外にも当時にも存在していた様々な問題、罪が彼女に押しつけられたのだ。

『これ幸い、押しつけるにはちょうど良い』

そんな気軽さで不愉快だった。そしてそれと同じことがもう一度起ころうとしている。見過ごせるほど、彼女の神経は腐っていない。

「まーまー。ミーニャ、落ち着いてください」

「なんでアンタが一番落ち着いてるの！」

だからせめてもう少し、当の本人には危機感のようなものを持っていて欲しいのだが、彼女は実にのんびりとしていた。周囲の騎士達は殺気立ってこちらを見ているのに。

しかしスピーシィは肩を竦《すく》める。

「彼らを呼んだのはクロくんじゃありませんよ。だって、彼が通信魔術を使ってたら全部分かりますもの。私」

「あんたプライバシーって知ってる？」

思わず状況を忘れて聞いてしまった。

「まーまーまー」

とスピーシィは笑っていたが、クロは遠い目をしていた。

「クロくんは約束どおり、王都に潜んでからは誰にも連絡は取っていませんでした。それは保証します」

「でも、だとしてもじゃない!?」

そう、たとえ彼が約束を律儀に守っていたとしても、結局今スピーシィはこうして捕まろうとしている。あるいはクロ少年も利用されたのかもしれないが、それは何の慰めにもならない。

それでもスピーシィは、まったくもって落ち着いた様子で、クロを見つめた。

「そうですね。さて、クロくん――」

「はい」

「私との約束、覚えていますか？」

◆◆◆

――私を守ってください。

もちろん、クロは彼女と交わした契約《サイン》を覚えている。あるいは、それを告げられた時点で、このような状況になることはクロにも分かっていたのかもしれない。

あの契約《サイン》はまるで予言だった。

「彼らも王様の命令で動いていると言っていますから、彼らに剣を向けるとなると貴方《あなた》は主《あるじ》に刃《やいば》を向けるということになるかもしれませんね」

スピーシィは優しく微笑《ほほえ》みながら、意地の悪い言葉を投げつけてくる。とはいえ、状況を考えれば彼女は被害者でクロ達は加害者だった。多少の悪意は当然だろう。

クロは前を向いたが、騎士達はまだ突っ込んではこない。しかし彼らが警戒しているのは自分ではない。その背後にいる怠惰の魔女だ。魔力を持たない自分を、グラストール最強の騎士達はまるで歯牙にもかけていないだろう。

ならば、まだ少し時間はあるだろう。と、クロは問いかける。

「先の言葉は本当ですか？」

病を治せる。そう言った彼女の言葉を確認する。すると、

「勿論」

当然、と言うようにスピーシィは即答した。

「嘘《うそ》は言いませんよ。もしクロくんが約束を守ってくれないなら、私はミーニャ達を連れてそのまま王都から逃げますけども」

そうすれば彼女はそのままバレンタイン領か、あるいはソレ以外の場所に引きこもるだろう。この国を滅ぼす悍《おぞ》ましい病魔に対する光明を、自分の身内にだけ明かして分け与える。あとは、自分を利用して捨てようとする国が滅ぶのをのんびりと眺めることだろう。

ならば、やるべきことは決まった。

「貴女が約束を果たす限り、俺は貴女の騎士だ」

彼女の慈悲を得るためならば自国すら敵に回す。それこそが自分の役割だ。

クロは魔剣を引き抜いた。

「きゃあ、カッコいい！　お姫様になったみたい！」

怠惰の魔女ははしゃいでいる。騎士を半ば脅迫して仲間にけしかけるのは、姫というよりも魔女の所業だったが、口には出さなかった。

「何か言いたげですね？」

「いいえ、プリンセス。どうか俺の手の届くところから離れないでください。貴女を護《まも》れない」

「きゅんきゅんしちゃう！　若返りそうです！」

プリンセス（魔）はたいそう楽しそうだった。隣でバレンタイン様が度しがたいものを見る目で友人を見つめている。

騎士として、守るべき者と呼ぶには本当に残念な具合の彼女であるが、まあ、まがいものの自分にはちょうどいい。そう思うと肩の力が少し抜けた。

本物達相手、しかも多勢に無勢ともなればどこまでやれるか相当怪しいが、やれるだけのことはやろう。

「【影纏《シェーダ・ロウラ》】」

そしてクロは、もう一つの【契約《サイン》】を起動させた。

◆◆◆

【停滞の病】が蔓延《まんえん》するよりも数年前。グラストール王国、スタンホール騎士養成施設。

去っていった神々の残した残滓《ざんし》、魔術という才覚を有した魔術師達。グラストールにおいて魔術師達は、その力故に貴族としての地位を与えられるが、それと引き換えにその力を国のために使う義務も有する。

貢献のための道筋は幾つかあるが、その中でも【騎士】となることは、最も暴力的に国に貢献するための選択肢の一つだった。

この世界に敵は多い。

今は落ち着いているものの、グラストールは以前、周辺の諸外国と戦争を繰り返していた。

【奈落《アビス》】から出現する【魔獣】達の出現率も近年、増え続けている。その魔獣達を従えているという、かつて神々によって抑えられた邪悪なる【悪魔】の噂《うわさ》も聞こえてくる。

この世界は平穏からほど遠い。

「だからこそ、我々はその剣を磨かねばならない！　その努力を怠ることは許されない！」

魔甲騎士団の騎士隊長であるガイガンはその日、養成施設に出向き、指導を行っていた。
齢《よわい》十五となり、騎士としての道を選んだ者達はここで一年の修練を行った後に、それぞれの騎士団に入隊する。当然、この中には魔甲騎士団に入る者もいるだろう。
未来の部下となるかもしれない相手と考えれば、わざわざこうして出向いて指導を行うことも苦とは思わなかった。

「魔術を使えぬ兵達では対抗できない、強大な敵達と闘うことこそが我々の使命だ！　決して忘れるな!!」

普段から忙しい彼が、騎士の卵達に伝えられる時間は少ないが、だからこそ、魔獣達との戦いのときと同等の真剣さでもって、彼は指導に挑んでいた。
特にまだ卵の時期の教訓はとても大事だ。見習いというのは本当に、容易に道を踏み外すものなのだから。

「ガイガン教官。疑問があります」

ほらきた。
ガイガンは顔に出さずに心中で肩を竦める。

こちらの演説中に遠慮無しに口を挟む。普段であれば即座に怒鳴り倒して、グラウンドを十周させるところだが、そうはしなかった。

声音にわずかの怒気も含ませずに、質問者へと視線を向けた。

「なんだ？」

「そこまでして、訓練しなきゃいけないものですか？」

かなり挑発的な言葉だった。

わざわざ激務を抜けて訓練の指導にやってきたガイガンに対してケンカを売っているまである。普段、彼らを指導している指導教官は青筋を立てて、あらゆる罵詈雑言《ばりぞうごん》を喉から迸《ほとばし》らせようとぷるぷるしだしていたが、ガイガンは目線で合図を送り耐えるように指示を出した。そしてそのまま、クソ生意気な訓練生に続きを促した。

「何故《なぜ》そう思う？」

「だって、俺達には【塔】があります！　我らの魔術王が創り出した最強の【神魔の塔】が！」

彼は、実に慢心と確信に満ちた声でそう言った。ガイガンもおおよそ想像していたとおりの回答だった。

神魔の塔。

【魔術王】ローフェン・クラン・グラストールが創り出した建造物。無尽蔵の魔力を創り、与えたもう史上最強の魔術兵装。これがグラストールにもたらした力は絶大だ。

魔力は魔術の源だ。あらゆる魔術を引き起こすためのエネルギーであり、この力を創り出せるのは魔術師達だけ、それが常識だった。

その常識を打ち破ったのが、彼が創り出した神魔の塔である。魔術師は古い兵器になぞらえて〝魔術大砲〟と呼ばれることもある。ならば塔はその大砲に、無尽蔵の弾薬を補充するに等しい。

この塔がもたらした力は本当に圧倒的だった。無数の戦争で勝利を収め、幾多の魔獣を打ち倒し、領地を広げて奈落《アビス》を封じた。

さらにその魔力を使い、様々な産業、インフラも大幅に成長させ、当事斜陽と言われていたグラストール王家を建て直し、大陸一の大国へと押し上げた。

まさに偉大なる塔である。

しかし弊害もある。塔は万能ではない。にも拘《かか》わらずガイガンの目の前にいる若者のような、致命的な慢心を抱えてしまう者が出てきたのだ。

「なるほど。では試してみよう」

そういった者達の考えを補正するのもガイガンの役割だった。

◆◆◆

「準備はいいな?」

「はい……!」

ガイガンに生意気な口を叩いていた見習い騎士は、興奮を隠しきれない声音で頷《うなず》いた。

彼は今、ガイガンも使う魔甲騎士の鎧《よろい》を身に纏《まと》い、【塔】からの力の加護を与えられている。無尽の魔力、魔術に心得がある者にとってすれば、万能になると錯覚するような力だった。

対して、ガイガンは鎧を装備していない。持っている武装は魔術の杖《つえ》と同じ役割を果たす、術式《コード》の刻まれた騎士剣一本のみだ。

「身につけている魔術全ての使用を許可する。あらゆる手段を用いて十秒以内に俺を拘束してみろ」

「十秒で良いんですか？」

見習いはニヤリと笑いながら、やけに上擦った声をあげた。なんと言うべきか、活《い》きのよい見習いである。ガイガンは小さく笑い、そして合図を出した。

「では、はじめ!!」

次の瞬間、見習いは即座に魔術の詠唱を開始した。

塔から供給される魔力によって、彼の唱える【術式《コード》】が増幅される。詠唱自体もよどみない。いい加減な鍛錬は行っていないのだろう。

ガイガンはよしよしと感心し、そのまま自分の剣を短く振るった。

「一」

「つぃ!?」

途端、詠唱の途中だった見習いの真横に巨大な石の柱が出現し、追突した。鎧には【耐衝】の護符が常時展開しているが限度もある。見習い騎士は無様に吹っ飛んだ。

「二、三、四」

「おぎゃ!?　ぐえ、ごば!!」

カウントは進む。転がった見習いに石柱の追突は続く。まるでボールのように吹っ飛びながら、騎士はグラウンドを転がり続けた。

馬車にでも轢《ひ》かれたような飛び具合であるが、それでも彼が死んだりしていないのは、騎士鎧の護符と、それを維持する塔の魔力供給が十分に機能しているが故だろう。

やはり強い力だ。ガイガンは他人事《ひとごと》のように観察しながらも剣を指揮棒《タクト》のように振るい続けた。

「五、六、七」

「ぼぼぼがあ!!　ぐげえ……!!」

空中から水が降る。水が口に入って、詠唱もままならない。

剣を引き抜く暇もなく、グラウンドの中央で水に溺れるという器用な経験を、見習いはその身で体験した。

「八、九」

「…………!!」

水に覆われて、身じろぎ一つとれなくなった見習いはバタバタと藻掻《もが》くが、どうにもならない。

それでも鎧の護符が彼の命を護り続けてくれているが、その窮地までは助けてくれない。逆に意識を保たれることが彼の無力感を強めた。

「十。さて」

「…………」

ガイガンは足を動かして、剣を下ろした。憐《あわ》れなる見習いは地面に倒れ伏し、ピクリとも動かない。鎧のおかげで大した怪我《けが》は負っていないだろう。

心の傷までは知らないが。

「他に偉大なる塔の力を信奉する信心深い者がいるなら、俺と対峙《たいじ》する権利をやろう。どうだ？」

ガイガンの言葉に、手を上げる者は一人もいなかった。

「無尽蔵の魔力は、たしかに魔術師達に大きなアドバンテージを与えるが、技量を上げてくれるわけではない」

そして、魔術師間の戦いにおいては、その技量が下の者は、上の者に勝つことは難しい。至極当然の話のようにも思えるが、魔術の力量差というのは肉体的な技量の上下以上に、残酷でハッキリとしている。

「術式《コード》を組む速度が速い者に、遅い者は敵《かな》わない。既に術式《コード》の刻まれた魔道具を用意する手法もあるが、小細工だな。結局それも高い技量の魔術師ならば、消去術式《アンチコード》で即座に対応できてしまう。鍛錬の未熟な魔術師は、強い魔術師にどう足掻《あが》いても勝てない」

それこそ、強力なる塔の力であってもな。と、彼が付け足すと、背後でぶっ倒れていた見習いがよろよろと立ち上がった。そして、

「絶対に、勝つことは難しいのでしょうか？」

あれだけやられて質問するなんて、本当に元気な見習いだった。後で名前を教官に聞いておこう。

とガイガンは決めながら、彼の質問に答えた。

「術式《コード》同士の争いであれば、どうしようもないな。術式《コード》展開の技量が上の方が勝つ。術者のコンディション次第で多少は左右されるだろうが、それは最初からある程度実力が拮抗《きっこう》していた場合にすぎない」

「それ以外の魔術、なら？」

ふむ、とガイガンは首をひねり、剣を構えて目をつむる。すると、今度は術式《コード》を展開せず、彼の

目の前に大きな火の玉が出現した。術式《コード》で展開するものとは違い、それは激しく揺らめきながら、訓練所の奥にあった木偶《でく》人形に直撃した。

「精神の感応で魔術を起動させる【祈禱《ブレス》】であれば、出力が術式《コード》を上回ることもある……が、安定はしないな」

【教会】や、グラストールの北に位置する山中に存在するアスラリア王国などは、術式《コード》よりも祈禱《ブレス》の方が主流であるらしい。が、軍事力という観点において彼らはそれほど強固ではない。

祈禱《ブレス》はその性質上、防衛に利用すると強大だが攻めには弱い。そしてやはり安定しない。味方が死亡したりすると、総崩れになることがある。

個の強さという観点では術式《コード》は超えられない。可能性があるとするならば——

「【契約《サイン》】であれば、大物喰い《ジャイアントキリング》が起こる可能性はたしかにある」

魔術師同士で交わされるものではなく、【上位存在】や【神遺物】を相手に対して行われる、文字どおりの【契約《サイン》】。人間が持ちえない力を手にして、超人たらしめる力。魔力を持たない人間にすら魔術師を悉《ことごと》く打ち倒す英雄に等しい力を与えることもある。

とはいえ、無論それは何のリスクが無いわけでもない。

契約《サイン》という名前が付くとおり、対価を差し出すのが基本だ。特に上位存在——【悪魔】との契約《サイン》の場合は、多くの場合が当人のみならず、周囲にまで破滅をもたらす可能性が極めて高い。

「もっとも、神遺物と許可無く契約《サイン》することも、悪魔と取引することも教会から禁じられている。彼らにしょっぴかれたくなければ、うかつに手を出さない方が無難だな」

そう締めくくる。

結局のところ、易《やす》い道は無い――という当たり前の結論に至るわけだが、これを実感を伴って理解させるのには、これくらいの入念な説明が必須だった。

「我々が死に物狂いで訓練しなければならない理由が分かったか？　塔がどれだけ無尽の魔力を与えてくれようとも、個人の技量次第では宝の持ち腐れだ！！！」

声を張り上げ、ガイガンが活を入れる。見習い達の背筋が伸びた。

「今日は貴様らに極限状態での魔術の扱い方を徹底して叩き込む！！！　【強化】を維持したままグラウンド百周だ!!　一時間で終わらせるぞ！！！」

ガイガンの声と共に、地獄のしごきが始まった。

まだ、グラストールが恐るべき停滞の病に冒される前の、輝かしき日々の一幕だった。

◆◆◆

「――………………！」

魔甲騎士団騎士隊長、ガイガンは懐かしき記憶を突如として思い出していた。まだ、グラストールが栄光と繁栄に包まれていた頃の話。

王都の外に幾つもの【奈落《アビス》】と、そこから出現する【魔獣】達との戦いの最前線に立つことが任務だった自分達が、王都に戻らねばならないほど、騎士団が壊滅的な被害を負うことになる前の話だ。

なぜ、このようなことを思い出していたのか。

術式《コード》展開の競い合いにおいて、自分以上の使い手はそうそうに現れない。そのことをガイガンは正しく自覚していた。並大抵の敵ならば、相手にもならないと確信していた。

だが、その実力を覆しかねない代物《しろもの》もまた、魔術の戦いにおいては存在していることを彼は理解している——たとえば、

『——arrrrrrrrr……』

それは、揺らめく炎にも似ていた。しかし、辺りを輝かせることもなければ、熱を放つこともなかった。少年に真っ黒な影が、装甲のように、あるいは獣の毛皮のように纏わり付く。構えもまた、既に騎士のそれからは逸脱していた。低く、下から突き上げるように切っ先を構えた剣は獣の牙に相違ない。

無論それは魔術だ。しかも、ただの魔術ではない。これは——

「魔剣との【契約《サイン》】か」

『AAAAAAARRRRRR!!!!』

影を纏った禍々《まがまが》しい騎士を前に、ガイガンは身構えた。

◆◆◆

〈二十年前、プリシア女王に害をなした邪悪にして、【停滞の病】の原因たる怠惰の魔女、スピーシィを捕縛せよ〉

この命令を受けたとき、魔甲騎士団騎士隊長ガイガンは、そこにきなくささを感じざるを得なか

った。

停滞の病の原因はずっと不明だった。様々な研究者が究明に挑み、しかし誰もが答えをつかめずにいる中で、その答えが突如として降ってわく。それだけでも疑わしい。

これまでに何度も「原因が判明した！」と、したり顔で語る魔術師は多かったが、魔術師もどき達が、弱者達から金をむしるための嘘でしかなかった。

とはいえ、これは王城から下された王命だ。何かしらの根拠があってのものであるのは間違いないのだろう――が、だからといって盲目的になるほど彼も間抜けではない。

二十年前、貴族界を驚かせた少女――怠惰の魔女スピーシィ。それが全ての原因だった、などと突然言われても、疑わしいというのが正直な感想だった。

しかし、彼も国に仕える騎士だ。で、あれば王命には従わなければならない。たとえその相手が、いかに怪しかろうともだ。

「とはいえ、だ……！」

そう、とはいえだ。

『AAAAAAARRR！！！』

「こんな怪物と遭遇する羽目になるとは想像していなかったな……!!」

黒い影を纏う謎の騎士と相対し、ガイガンは顔を顰める。影を纏った少年は凄《すさ》まじい速度で倉庫の中を縦横無尽に駆け回り、騎士達を翻弄していた。

「この!?」

「速いぞ!!　油断するな!!」

影の騎士は四肢をついて獣の如く動き回った。地を蹴り、壁を駆け、魔術を回避して、飛びかかってくる。

『GAAAAAAAAAAA!!!!』

「つが!?」

そして見た目にそぐわぬ、ケダモノのような力でこちらを叩きのめしてくる。

【魔獣】との戦いに自分達は慣れている。しかし、やりづらい敵だった。動き方は獣のソレだったが、的確にこちらの武器、【術式《コード》】の仕込まれた騎士剣を狙ってくる。武器を把握していた。

その上、場所も悪い。

【氷矢《イス・アーロ》よ!】」

「ちょっと! やめて! 商品があるのよ!!」

何せ戦いの最中に、バレンタイン家から抗議が飛んでくる。ここはバレンタイン家の敷地内だ。

「後で弁済する! 今は気にするな!」

彼女達は怠惰の魔女を庇《かば》っていた現行犯、と言えるのかもしれないが、さりとて今は精々疑惑程度で断言できない。倉庫が使用不可能になるような規模の魔術は使えなかった。

(人間の扱える四属性の魔力……ではない。だが、【悪魔】の類いの契約《サイン》としては弱い。【遺物】……?)

神々が去る以前の時代に残された、現代の魔導技術で再現不可能な力がある。

遺物――それらに代償を払うことで契約《サイン》を結ぶと、魔術師でない存在ですらも、超常的な力を得ることが可能になる。

無論、モノにもよる。少なくとも少年の使う魔剣は決して尋常ならざる威力を有しているようには見えない。

「ならば、やりようはある……！」

魔甲騎士団。

安全なる王都の中でぬくぬくとやっていた連中とは違う叩き上げ、それを纏めているガイガンは、その矜持《きょうじ》を胸に騎士剣を抜いた。

◆◆◆

一方、その頃。

「クロくん、ワイルドですねえ」

「のんきな感想……」

怠惰の魔女スピーシィは、クロ少年の奮闘を眺めてのんきな感想を漏らした。その彼女の様子を、ミーニャは呆《あき》れと不安の入り交じった顔で見つめる。

自分の店の倉庫で大乱闘が始まってしまったことは頭が痛いが、被害のことは今はいいだろう。騎士達の妨害にヤジを飛ばしたりしているが、あまり効果も無さそうだった。

それよりも問題なのは――

「大丈夫なの、彼？」

姿が豹変《ひょうへん》してしまったクロ少年だ。

無論、今もミーニャはクロ少年のことをそこまで信頼しているわけではない。騎士達をここに招いたわけではないとしても、スピーシィを何かしらの思惑があって利用しようとしているのは間違いないのだから。

そうだとしても、尋常ならざる姿に変貌して無数の騎士達を相手取って戦う少年に、不安と心配を覚えないわけではなかった。これでも自分は三児の母なのだ。

「あんまり大丈夫ではないと思いますよ？」

「ちょっと」

そして、そんなミーニャの不安を煽《あお》るように、スピーシィは断言した。

「クロくんと違って皆さん真っ当な騎士様みたいですし、クロくんだけじゃ勝てませんよ。あの魔剣があったとしても。よいしょっと」

「……？　何してるの？」

ごそごそと、なにかをしていると思ったら、何やらごちゃごちゃとした術式《コード》が刻まれた眼鏡《めがね》のようなものを彼女は取り出した。それを装着して、何やら楽しそうに微笑みを浮かべた。

「観察です。都合よく、ミーニャ以外にも被検体が向こうから来てくれたんですから」

「友人を被検体言うな」

「ああ、やっぱり。こうなりますよね」

ミーニャの抗議を無視して、スピーシィが感嘆の声をあげる。戦場ではミーニャも知る高名な騎士、ガイガン騎士隊長とクロ少年が対峙しているところだった。

◆◆◆

『GAAAAAAAAA！！！』

ガイガンは凄まじい勢いで飛びかかってくる影の獣に対して、至極冷静に対応した。異様すぎる見た目に動揺することもなく、剣の一振りで術式《コード》の発動を成立させた。

「【雷《ディン》】」

横薙《な》ぎに雷《ディン》の魔術が奔《はし》り、影の獣を焼く鋭い一打だった。並の魔獣であれば、一瞬にして焼き払えるほどの火力を秘めた一撃だったが——

『つが、AAAAAAAAAAA!!』

影の獣は無事だった。雷《ディン》に弾《はじ》かれ、吹き飛ばされても即座に起き上がり、唸《うな》り声《ごえ》をあげる。

「やはり影は魔術を喰《く》らうのか……だが、」

徐々に、ガイガンはその性質を理解しつつあった。そしてそれは周囲の騎士達も同じだ。ガイガンは即座に手で指示を出した。

影の獣がガイガンに飛びかかるよりも早く、囲んでいた騎士達の術式《コード》が成立した。

「「【石牢よ《ガレン・ロウ》】」」

途端、無数の巨大な岩が、影の獣を取り囲むように隆起し、身じろぎも取れぬよう拘束した。

『つGA!?』

「物理的に封じれば、どうにもなるまい」

身体的な強化もあるのだろうが、それほどの出力を感じなかった。どこから出てきた魔剣なのかは不明だったが、それほど強大な力ではないのだろう。これが、悪魔と直接契約《サイン》した者であったなら別だが――

ガイガンは首を振り、思考を切り替える。身じろぎ取れなくなった影の獣、少年に語りかける。

「何故《なにゆえ》、貴様は我らの邪魔をする。真っ当ではないだろうが、装備を見る限り我が国の騎士だろう」

返事は半ば期待していなかったが、まだ意識が残っていたらしい。獣の頭部の影が薄れ、少年がその表情を見せた。

その顔は本当に幼かった。息子のことが頭をよぎったガイガンは自分を戒めるように拳を強く握りしめる。

『…………使命、故』

「使命とは」

『この国の病を晴らす。彼女は、病を晴らす手がかりだ』

まさしくそれは、自分達と同じ使命と言えた。ならば、とガイガンは言葉を続ける。

「であれば、我々は協力できるはずだ。まずは彼女を捕らえ、そして情報を聞き出す」

正しく、合理的な意見だった。しかし少年は首を横に振った。

『協力のため、彼女を護ると誓った。ここで降《くだ》ることは誓いを破ることになる』

「契約《サイン》か」

『――そして、そうでなくとも』

彼はゆっくりと息を吐き出し、そして、決意するようにハッキリと断言した。

『謂《いわ》れなき罪で、二度も彼女を捕らえるのは騎士道に悖る』

「騎士道──」

久しく、その言葉は聞かなかった。

魔術師としては異なる道、国の盾であり剣としての道を選んだ者が身につける規範。言ってしまえば、人の形をした兵器としての役割を担うこととなる自分達が、人の道を外れぬようにと誓う誇り。魔術師同士で交わされる契約《サイン》とは似て非なるモノ。

本当に古い規範だった。何百年も前に生まれたもので、今それを語る者はほとんどいない。しかし、その古くさい心情を掲げて、女の前に一人立つ少年騎士がどこか眩《まばゆ》く思えた。

しかし、だとしても──

「真っ当な騎士でもないのに、我々よりよほどらしいではないか。だが──！」

『グ、ウ、ＯＯＯＯＯＯＯＯＯ……！！！』

障害を排除し、魔女を捕らえる。そのためにガイガンは動く。それを察して、少年は再び全身に影を纏い、激しい音と共に石の牢獄《ろうごく》を砕き、一気にその場から抜け出した。

今度こそ完全に動きを封じる。

あるいは命を奪うこととなろうとも、躊躇《ちゅうちょ》するつもりはなかった。

しかし、

「もう良いですよ。クロくん。頑張りましたね」

両者が激突する前に、怠惰の魔女が進み出てきた。

◆◆◆

怠惰の魔女は二十年前、恐ろしい秘術によって学園を恐怖のどん底に陥れた。という情報を、ガイガンは判断しかねていた。

この手の情報は後から好きなだけ盛られる。現王妃の暗殺未遂犯ともなれば、好き放題だろう。とはいえ、実際に部下達を率いて彼女と相対しなければならない立場で、その情報を鵜呑《うの》みにするのは馬鹿げている。

「正直、途中で裏切るだろうなー、とか思ってたんですけど」

しかし、こうして相対すると、決して情報は誇張されて付け足されたものばかり、というわけではないとガイガンは自分の認識が甘かったことを感じ始めていた。

「存外義理堅いですね、クロくん。感心しました」

『い、え……』

「休んでていいですよ」

纏っていた影を解いて、力尽きかけていた少年騎士の身体を受け止めながら、魔女は杖を振るう。僅かな動作だったが、それだけで彼の身体は金色の綿毛のようなものに包まれて、ふわりと魔女の背後に運ばれていった。

その一連の動作を、ガイガンは見定めることができなかった。僅かな動きだったが、それだけで彼女が尋常ならざる魔術師であるとガイガンには理解できた。自身もまた、相応の使い手であるが故に。

「怠惰の魔女……」

「その呼び名、好きじゃないんですよねえ。サボってるみたいじゃないです？　まあ割とサボりはするんですが」

むう、と不満そうな表情を浮かべる。

少なくとも魔術の深淵《しんえん》にどっぷりと浸《つ》かり、精神を崩壊させ会話がまったく通じなくなってしまったようなことはないらしい。

ガイガンは剣の構えを解かず、まずは、というように告げた。

「ご同行願えるか」

「え、いやです」

即答だった。

まあ、回答は分かっていた。彼女の立場で、こちらの要求に従う理由は一つたりともない。故に、ガイガンは部下達に即座に指示を出す。彼女を取り囲んだ部下達は一斉に騎士剣を構え、魔術を放った——正確には、そうしようとした。

「【ねんねんころり】」

「……‥!?」

が、次の瞬間、周囲の部下達は一斉に地面に倒れ伏した。眠りの魔術。典型的な行動阻害の一種だが、騎士達が装備する護符を貫通した。

彼女が護符を創り出した当人という情報もまた、本当であるらしい。

ガイガンは更に警戒を高めた。

「想像以上だな……なぜ彼を支援しなかった!?」

「だって面倒くさかったですし」

魔女の即答にガイガンは思わず唖然《あぜん》となった。

「クロくんの忠義も試してみたかったですし、それに私、騎士様に守ってもらうお姫様という立場……体験してみたかったんですよねー、おほほ」

「巫山戯《ふざけ》ているのか……？」

冗談なのかなんなのか、判別のつかないような答えが返ってきた。

しかし魔女は余裕の笑みを崩さない。

「巫山戯てませんよ。あとは――」

不意に、ひんやりとした空気が喉元に流れ込んだ。

魔術の類いではない。それは長らく魔獣との戦いを繰り返し、ガイガンの中で培われた第六感が震えたのだ。自分の存在に対する脅威、怪物が、すぐ傍《そば》にいたときに感じる本能からの畏れ。

「実験です」

金色の髪が揺れ、吸い込まれそうな蒼色《あおいろ》の眼《め》が射貫《いぬ》くような鋭さでもって、こちらを見つめる。

同じ人間を見る目ではなかった。研究のため手足をもぎ取った虫を観察するかのような、酷薄な瞳だ。

「――――！」

咄嗟《とっさ》に、ガイガンは剣を構えた。騎士としての戦闘経験と本能が、考えるよりも先に、彼の身体を動かす。しかし、ソレよりも魔女の杖先が動く方が早かった。

「検証を始めましょう」

そして次の瞬間、彼女と距離を空けたガイガンの背後にいる部下達が地面に倒れ伏した。

「なっに……!?」

普段は冷静でいる彼も、さすがに動揺を隠せなかった。魔女から距離を取り、そして近くに倒れている部下の様子を確認する。

「どうした!? 何があった!?」

魔術は発動していない。にも拘わらず、動けなくなった。声をかけても反応は無い。その様子を確認し、ガイガンは目を見開いた。

「まさか、コレは……!?」

部下達の顔色が土気色に変わっていた。顔の筋肉すら硬直しているのか、苦悶《くもん》に歪《ゆが》んだまま固まりつつある。

助けを求めるように部下がガイガンへと手を伸ばすが、ガイガンがその手をとるよりも早く、その状態のまま硬直してしまった。

「停滞の……!!」

通常の進行と比べてあまりにも早いが、間違いなく【停滞の病】だった。元々、前触れの無い病であることは分かっていたが、それにしたってこの進行の早さは限度というものがある。

つまり、これは――――

「本当にお前が元凶だというのか……!!?」

その結論にガイガンが至るのは必然だった。状況があまりにもできすぎていた。

ガイガンは倒れる部下達をそっと地面に寝かせると、騎士剣を一気に振るう。しかし、術式《コード》を起動させようとした矢先、指先が突如として重くなり、動かなくなった。

「つぐう……!?」

否《いな》、指先だけではない。手も、足も、身体全体がまるで鉛にでもなったかのように重くなる。それが停滞の病の症状であると気付いたときにはもう遅かった。

「元凶ではないんですけどねえ」

身じろぎ一つとれなくなり始めていたガイガンを、魔女は実験動物を見るかのような目付きで見つめていた。

声をあげたかったたが、既に喉も動かなくなり、彼の意識は途切れつつあった。

それでも倒れなかったのは、彼の使命感ゆえだった。停滞の病に罹患《りかん》した我が子を救い出す。そんな強固な意志が彼を支えていた。

しかし、それも限界だった。

「すまぬ……ケイン……!」

硬くなった指を強引に折り曲げて剣を握りしめ、振りかぶる。しかし、それが術として成立するよりも前に、彼の意識は闇に落ちた。

◆◆◆

そして彼は目を覚ました。

「……なんだと!?」

そう、ガイガンは目を覚ましたのだ。

停滞の病の進行は、彼の知る限りほぼ不可逆だ。病が発症し、身体が動かしづらくなれば、もうどうしようもない。瞼《まぶた》も開かなくなって、そのまま永久に眠り続けるのだ。

例外はごく僅かしか無い——はずだった。なのに自分は目を覚ました。

身に纏っていた鎧は全て外されていた。

古くかびくさいベッドから身体を起こし、自分の身体を確認する。気を失う直前の身体の不自由はない。まるで無事だ。

しかし、それを喜ぶよりも疑念の方が遥《はる》かに大きい。

「部下達は……!?」

周囲を見渡すと、周囲のベッドで部下達が自分と同じように眠っていた。しかも、

「……う……」

「ぐ……ぅ……」

自分と同じように停滞の病に冒されていたにも拘わらず、完全に停止していない。むにゃむにゃと間抜けな寝言を口走っている者もいるが、全員無事だ。

自分達が特別、停滞の病に冒されても回復できる特異体質だった——わけがない。

だとすれば、

「あら、起きたのですね。おひげの人」

「魔女……！」

怠惰の魔女、スピーシィ。

彼女の姿が見えた瞬間、ガイガンはベッドから飛び出した。しかし、身体はついてこず、無様に地面へと転がった。

「お前が病を操っているのか!?」

倒れる寸前の戦いでは病を自在に操り、そして今その病から自分達を解放した。元々の彼の任務を考えると、その推測に至るのは必然だった。

「ちーがーいーまーす」

しかし、魔女はふくれっ面になりながら、手に持っていた杖をガイガンの額にぐりぐりと押し当てる。

ガイガンは身じろぎできなかった。騎士剣も無い状況で、相手は自分以上に卓越した術式《コード》の使い手。勝ち筋はどこにも無かったが、引き下がるわけにもいかなかった。

「ではなぜ、どうやって病を操り、そしてそれを癒やしたと……!?」

「説明してあげる義理、あります？　病でこの国が抱えた負債、全部私に押しつけようって相手に」

そう言われると、返す言葉もない。

彼女の捕縛を命じられたとき、ロクな調査は行われなかった。彼女の実像、実態を調べぬまま動いたということはつまり、そういうことだ。

本当に彼女が怠惰の病の真相に近いところにいるなどと、思いもしなかった。その時点で、自分は彼女に対する悪意そのものと言っていい。ガイガンは言葉に詰まった。

「いじめるのやめなさいな。スピーシィ」

そこにバレンタインの奥方がやってきた。水桶《みずおけ》などを運んできていることから、自分達の看病をしてくれていたのは彼女であるらしい。

やや乱暴に絞ったタオルを部下達の額に当てながら、自分を睨《にら》んだ。

「命令されただけの兵士いびったって、アンタに悪意を向けた奴《やつ》は痛くもかゆくもないわよ」

「あら、ミーニャ。ひげのおじさまの味方です？」

「同情はしてるかもね。まあ、倉庫を破壊したのは許せないから後で弁償してもらうけど」

そう言って、彼女は濡《ぬ》れタオルをガイガンに叩きつける。

「この人、ガイガン騎士隊長よ。奈落《アビス》の最前線で魔獣達と戦ってる人気者。病の混乱を収めようと、王都に戻って、多くの民達のために尽力してる人格者。敵にするより、味方にした方が早いわよ」

「むう」

「それに、私も気になってるのよ」

そう言って、彼女はチラリと自分の背後を見る。すると、彼女の背中には何人かの少女達が隠れるようにしていた。

「どうやってアンタが停滞の病からウチの従業員を助けたのか」

どうやら彼女達もまた、ガイガンと同じく停滞の病を患っていたらしい。そして、それをスピーシィに救われたのだ。ますますガイガンは彼女を逃がすわけにはいかなくなった。

「……謝罪が必要ならそうする。這《は》いつくばれと言うならそうしよう。だから頼む、この状況を打破する情報を教えてくれ……！」

そんな自分を見て、スピーシィは深々と溜息《ためいき》をついた。

「……ま、いいでしょう。と言っても、私にはどうしようもない話ですよ？」

◆◆◆

「さて問題です。魔力ってどう創られるでしょう」

そう言ってこちらに尋ねる魔女の姿は、なぜか学校の教師のような格好をしている。どこから持ってきたのか不明であるが、いつの間にか着替えていた。

そしてそれを聞くガイガン達は、魔女が用意し並べたテーブルと机について、授業を受ける生徒のような状態である。ガイガンの部下達も、バレンタインの長女も、あの黒い少年騎士も、誰も彼も彼女の前に並んで座っている。

なんのごっこ遊びだ、と思いもするが、ガイガンは黙った。せっかく喋《しゃべ》る気になっている魔女の機嫌を損なうような真似《まね》はできなかった。

そのガイガンの意図を察したのか、部下達もこのごっこ遊びに付き合うことにしたらしい。ガイガンの隣の部下がおずおずと手をあげて、魔女の問いに応じた。

「……適性のある人間、その血を持つ貴族が魔素《マナ》を体内に吸収して精製します」

「はい、正解。じゃあ使用した魔力はどうなります？」

「霧散して魔素《マナ》に戻ります」

ここまでは、魔術を学ばねばならない貴族なら誰もが知っている内容だ。ここにいる全員、栄えある魔甲騎士団の騎士達ならば、知っていて当然だった。

なぜこんな当たり前の話をするのだろうか。

「魔力ってすぐに精製できますか？」

「いいえ、新たな魔力を創るための魔素《マナ》吸収をしなければなりません。魔力化にも時間がかかります」

「はい、よくできました」

魔女はそう言って微笑みを浮かべた。そうしていると、本物の魔術の講師にしか見えない。質問に答えた部下もなにやら今の状況を忘れて嬉《うれ》しそうにしている。叱責したくなったが、この空気を崩すのも憚《はばか》られた。

「魔力を創ることが可能な生物であっても、魔素《マナ》を魔力化するのに時間がかかる。というのは判明していた事実です………が、実は魔素《マナ》にも特性があります」

「特性？」

話が変わった。魔力の作り方は基本知識だ。魔術を扱う者であれば誰もが知っている。知っていなければならない。が、その大本となる魔素《マナ》については、知識には無かった。ガイガンの周りの部下達も誰も彼も、互いに顔を見合わせ、首を横に振っている。

「魔力化した魔素《マナ》は霧散後、一定期間の休眠状態に入ります」

「休眠……？」

「要は魔素《マナ》も休むんですよ。魔力として働いた後、動きを止めます。暫《しばら》くすると元の魔素《マナ》に戻る。大気中に存在する魔素《マナ》は観察できていましたが、魔力として使用された直後の魔素を確保し、観察する手段が少なかったために近年まで判明しませんでしたが」

魔素《マナ》は、とてつもなく小さな物質である。ということはガイガンも知っている。

至るところにソレは満ちており、魔術の適性の有無に拘《かか》わらず誰しもがそれに接触している。とてつもなく小さく、無数に存在しすぎているが故に、観察は困難である。というのはどこかの講義で聞いたことがあった。

故にその特性は分かりづらいとも聞いていた。それを彼女は語っている。

「そして『休眠中の魔素《マナ》』の割合が多くなると、取り込んだ生物もその魔素の状態に引きずられる」

「――――まさか」

ガイガンは驚き、声をあげる。スピーシィは楽しそうに笑った。

「コレが停滞の病と呼ばれるものの正体です」

「馬鹿な！」

思わず、ガイガンは声を荒らげて否定した。だが、熱くなってるわけではない。冷静だった。冷静であるが故に、彼女の言葉を否定できた。

「お前の理論が正しいのだとすれば、魔素《マナ》も一定期間休めば回復するはずではないか。だが王都の民達はずっと眠り続けている！」

「でしょうね」

「でしょうね!?」

反論に魔女はまるで動じない。

「つまりこういうことです。王都の魔素の大半が、現在休眠状態にある」

「そんなこと、あるわけ……――――」

再び否定しようとして、ガイガンの声は止まった。

ガイガンは愚鈍ではない。魔甲騎士団の騎士隊長としての責務を果たすため、常に冷静な判断が求められる。そしてそれ故に、ガイガンは理解できたのだ。理解できてしまった。

「王都にはあるじゃないですか。回復した魔素《マナ》を片っ端から回収して、すぐに魔力としてしまう存在が」

彼女の言わんとする元凶が、すぐ傍に存在するということを。

「【神魔の塔】ですよ。この停滞の病が、グラストールにだけ蔓延《はびこ》る理由は、アレです」

この一室の窓からでも覗《のぞ》き見《み》える、王都グラストールの中心に存在する巨大建造物。

十五年前に建設され、グラストール王国に無限の富と繁栄、そして魔力を供給した偉大なる神魔の塔を指して、魔女スピーシィは悪戯っぽく微笑んだ。

五章 ✦ 真相 ✦ EPISODE 5

【神魔の塔】

魔素《マナ》を取り込み、魔力を創り出せるのは貴族のみ。

そんな固定概念を破壊した、革命的な建造物。ローフェン・クラン・グラストールが建設した偉大なる塔。

その性能はシンプル極まる。魔力の【製造】の代行である。たったそれだけのことであるのだが、それを成し遂げた者はそれまで世界のどこにもいなかった。

魔力という万能に近い力、この平らなる世界【イド】から去っていった神々の最大の置き土産《みやげ》。それを自由に製造し、使うことができるようになったグラストール王国は、栄華を極めた。

幾ら使用したとて尽きない魔力によって、騎士達は無尽蔵の力を得た。

直接の供給は王都に限られたが、範囲の外では【魔力】を【魔鉱石】として固め備蓄する。その生産量も魔術師一人一人が作り出す量と比べて遥《はる》かに莫大《ばくだい》であり、その創り出された潤沢なエネルギーによって危険な【魔獣】達も一瞬で蹂躙《じゅうりん》し、【奈落《アビス》】を塞いでいった。

そうすることで大陸全土に平穏を与えると共に、国内外に自身の武力を見せつけ、国内の貴族達や周辺諸国でくすぶっていた火種の一切を消し飛ばして、平伏させた。

紛れもない、王国飛躍、最大の立役者ともいえる建造物であり、【魔術王】としてローフェン王が讃《たた》えられるようになった象徴でもある。

それが、全ての停滞の原因である。

魔女スピーシィにそう説明を受けた少年騎士、クロは衝撃を受けた。

受けざるを得ない。グラストールにいる者ならば、どれほど神魔の塔が莫大な利益をもたらしてきたのかを知っている。大陸の開拓もそうだが、この王国全体、現在進行形で様々な恩恵を受け取っているのだ。王都に至ってはあらゆるインフラにまで活用されている。

そこに毒があるなどと言われて、受け入れることは難しい――というよりも、そんなことあっていい、いや、あってはならない。

「待ちなさいよ。それじゃあ塔を停止させて、魔素《マナ》を休ませれば今の停滞の病にかかってる人達は元どおりになるっていうの？」

ミーニャが問うとスピーシィは頷《うなず》いた。

「時間はかかるでしょうけど。周囲に正常な魔素《マナ》があれば、一ヶ月程度で回復すると思いますよ。そこの騎士の皆様や、ミーニャの部下達みたいに」

実際、そうしてスピーシィは停滞の病に陥った者達を救っている。待機中の正常な魔素《マナ》をかき集め、動けなくなった者達に吸収させることで。

説得力としてはこの上ない。

「……じゃあ、王都から遠く離れれば？　塔の影響の外に出れば？」

「回復するでしょうね。今の現象が起こっている範囲から距離を取って、安置すればいいだけです。そうして回復した人もいたのでしょう？」

「……そうね、いたわ。そういう例はたしかに存在した。だからこそ余計に王都から人が消えてしまったのだけど」

必ず回復した、というわけではない。だが、この国から遠くへ遠くへと逃げ離れた者達の中には、回復した者が出た。そういう噂《うわさ》はたしかにあった。

今の自分の財産、家、何もかもを棄《す》てられる者は少なく、しかも逃げた先で必ず回復するという保証も無かったため、よく耳にするわけではなかったが、それでもそういう実例は存在した。

「ですが、待ってください。たしかスピーシィ様は、王都の外……野盗達も停滞の病にかかっていた者がいたと言っていましたよね」

すると今度はクロが挙手した。彼の言葉に一部の騎士はギョッと驚きを見せていたが、騎士隊長ガイガンも頷いた。

「……ああ、王都の外の一部でも停滞の病が増え始めた。貴女《あなた》の言葉が正しいならば、王都の外に出れば問題無いはずでは？」

「単に、影響が外に出始めているのでしょうね。休眠状態の魔素《マナ》ばかりだから、必要な分を外からかき集め始めた」

その疑問に対してもスピーシィは淡々と答えた。それがどれだけ絶望的な情報であっても。

「手近の魔素《マナ》が全て休眠していたら、無事な魔素《マナ》がある場所へと手を伸ばす。そういうふうにできているのでしょうね。あの塔は」

「停滞の病の範囲は、拡大し続けると……？」

「魔素《マナ》の回復が、魔力の消費量に追いつくことができなければ、そうなりますね」

「馬鹿な……」

スピーシィの説明に、ガイガンが首を振る。

「魔力消費と言うが、そもそも現在の王都は魔力をほとんど消費していない。大半の設備が機能不全になっている！　それなのになぜ回復しない!?」

「その点は私も分かりません。何に使っているのでしょうね？　ロクなことではないでしょうけど」

その説明に、ガイガンは再び首を横に振るが、反論できなかった。彼女の発言がデタラメだと否定できれば良かったが、しかしそれはできなかった。

「……先程我々を〝病〟にかけたのは」

「貴方達の周囲に休眠中の魔素《マナ》を集め、病を進行させました。元々、かなり病は進行していたみたいですしね、皆様」

実際に見たかのように事実を言い当てられ、ガイガンは呻《うめ》く。

実際、王都の騎士団の代わりに働いていた彼らの中にも、停滞の病の罹患者《りかんしゃ》が出始めていた。その病の原因に魔力の消費と魔素《マナ》が関わるならば、騎士として魔術を使う自分達は病の格好の餌食だろう。

スピーシィの言葉は何もかも、論理的に否定することができなかった。だが、そうなると、

「つまり、病は更に王都の外に拡大を続けると？」

「このペースなら、かなりの広範囲まで広がっていくのではないですか？　魔力の消費に魔素《マナ》の回復が追いつけば、拡大は収まるかもしれません。まあ、保証しませんが」

その言葉にガイガンは座り込み、言葉にならない声をあげた。悲鳴のような声だった。

「ですが……ですが、これで原因はハッキリしました!!」

そんな彼を、元気づけたかったのだろうか。彼と共に説明を受けていた若い騎士の男が立ち上がり、力強い声で言った。

「塔を停止させれば、王都は救われます！！！」

「………っ」

「…………………」

「……、……」

だが、その言葉に対して同調する者はいなかった。彼の同僚達も、ガイガンも、痛ましいほどの沈黙で返答した。

「あ、あれ……？」

「……自分の言ったこと、もう少し冷静になって考えてみろ」

どうしていいか分からず、キョロキョロと戸惑っている若き騎士に対して、ガイガンはゆっくりと語りかける。

「塔を止める。王都のあらゆる事業に密接に関わる塔を、突然停止させたら……どうなる」

「………っ!?」

「まあ、そうなりますよね」

スピーシィは彼らの困惑と、恐怖を嗤《わら》った。

「王都を見回ってみて、至るところで魔力を動力源とした魔導機械を見かけました。現在の王都は、その機能のほとんどを魔力に依存しているのではないですか？」

ガイガンは彼女の問いに、苦々しい表情で答えた。

「……そうだ、王の政策だ。無尽の魔力を創り出す塔があるならば、全てを魔力で賄った方が効率的であると」

「でしょうね。素晴らしく合理的な考えです。私でもそうしますよ」

そう、神魔の塔が完成してから、王都はあらゆるインフラが一新された。無限に湧き出てくる魔力をフルに活用し、古い建物も道も何もかもを一新した。

そして都市部の機能、その維持にも魔力が使われている。依存していると言ってもいい。

「この王都は、グラストール王国は、塔が完成してから十五年の間にたっぷりとその存在に依存してきました」

もちろん、その方策が間違いだったとは言わない。潤沢なる魔力を徹底的に使わない道理などなかった。

そうして、その魔力を国家事業へと転用させて発展してきたからこそ、グラストール王国は繁栄を極めていた。

だが、虚飾のヴェールは破られた。

「それをいきなり取り上げてしまったら、いったいどうなってしまうでしょうね」

この王都の、国の、多量の魔力に依存したあらゆるインフラが機能を失うのだ。

無論、ヒトにも魔力を創り出すことはできる。いくらかの代用もできるだろうが、到底、塔がこれまで生産してきた魔力量には追いつかない。

「ですが！　塔を止めなければ!!」

「分かっている!!　……だが、ああ……クソ、なんてことだ……そんなことは」

「まあ、大変でしょうね。止めずに、首を真綿で締められるようにじっくりと死ぬか、止めて一気に絞められて死ぬか、どちらかなんて選ぶのは大変です」

苦悶《くもん》するガイガンの嘆きに、スピーシィは憐《あわ》れむように声をかける。

「加えて、塔を停止させたところで、別にすぐさま全てが回復するわけでもないですよ？　ここまで魔力を使い果たしたんですから、完全な回復に半年はかかるのでは？」

「半……！」

「勿論その間、魔力を節制しなければ、もっとかかります」

さらに追い打ちをかけるように、スピーシィはちらりと壁際を見る。ガイガン達が身につけていた鎧《よろい》を指さした。

「それに、貴方達も塔から魔力供給を受けていたのでしょう？　周囲の国や、国内の貴族達相手にもブイブイ言わせてたんじゃないですか？」

ややおちゃらけた言い方だが、彼女の指摘は事実だ。グラストール騎士団は塔から供給される魔力と、生産される魔鉱石による圧倒的な力で内外の不穏分子を威圧していた。

強大な武力は、政治力にも必然的に影響を与えていた。

武力においてグラストールには敵《かな》わない。

周辺国との駆け引きは、その前提の下で動いていた。病で弱り、インフラが機能不全に陥り、挙げ句の果てに武力まで見る影なく失えば、周辺国や王都での影響が少ない周華貴族達はそれをどう見るか。

「病が消えたとして……どのみち、この国は……」

ガイガンは騎士隊長として、この国が現在抱える危うさを理解していた。一刻も早く、一日でも早くこの状況を打開できなければ、致命的なことになると彼は分かっていた。だから必死に駆け回っていた。

だが、彼の努力は無為《むい》に終わろうとしている。

「だから止《や》めといたらいいって言ったんですけどね……」

そして、そんな彼の絶望を憐れむように、魔女は小さく呟《つぶや》いた。クロはそれを聞き逃すわけにはいかなかった。

「それは……どういうことでしょうか」

「そのままの意味ですよ。二十年前、あの塔の建設が発案されたとき、『止めた方がいいですよ』って言ったんです。無視されましたけど」

彼女の言葉で場がざわつく。ミーニャすらもギョッとした表情になった。ただ一人、スピーシィだけが暢気《のんき》に欠伸《あくび》なんかをしている。クロは更に問うた。

「……つまり二十年前に、既にこうなる可能性を予期していた、と？」

「魔素《マナ》の特性を突き止めたの、私ですもの。当時は塔が本当に完成するかも分からなかったですし、さすがに『そうなるかもしれない』程度の懸念でしたけど」

つくづく彼女は底知れない。だがそれは今はどうでもいい。問題なのは、そこではない。

「……では、なぜ貴女の提案は止められたのです」

「かもしれないいいから国の一大事業を止めようなんて判断は出せないでしょう？　それに、塔を考えて創ったの、今の王さまでしょ？　瑕疵《かし》があってはいけなかったんじゃないですか？」

知りませんけど。と、彼女は素っ気なく言った。

「なんてことだ……なんてことだ……」

堪《こら》えきれず、ガイガンが断末魔のような呻き声をあげた。気持ちは本当によく分かる。クロも正直に言えば似たような感想だ。

この国は滅ぶ。垂らされた蜘蛛《くも》の糸を自分の手で断ち切るという愚行によって。

◆◆◆

部屋の空気は最悪だった。絶望的と言ってもいい。ミーニャはそれを感じ取っていた。

スピーシィを狙っていたガイガンも、今はとても険しい顔で、何事かぶつぶつと呟いては首を横に振っている。国を救う方法を今も必死に考えているのだろう。

一方でスピーシィはぼおっとした表情で、倉庫の窓から外を見上げている。物憂げにも見えるが、おそらく彼女は今「今日は何を食べようかしら」程度のことを考えていることがミーニャには分かった。彼女はそういう女だ。

誰もが沈黙し、動けなくなっている。仕方なし、とミーニャは溜息《ためいき》をついて言った。

「それでスピーシィ、解決策は？」

その言葉にガイガン達は驚いて顔を上げ、スピーシィは口先を尖《とが》らせた。

「あらミーニャ、なんで私が都合良く解決策を持ってると思うんです？」

「二十年前、根拠が薄いって一蹴されたんでしょう？　だったらもっとこの問題を詰めて、研究したはずよ。死ぬほど負けず嫌いだもの、貴女」

そう、この女は魔術に関わることについてはプライドが高い。足りないと突きつけられて、じゃあ仕方ないなと泣き寝入りするような女ではない。

ならば、と絶対に研究を進めたはずだ。だからこそ、彼女はこの停滞の病の原因をここまでいち早く突き止めることができたのだ。そして、その先についても、彼女なら調べている。良くも悪くも信頼があった。

「私のこと、なんでも分かってるみたいなふうに言っちゃってくれますね——まあ、合ってるんですけどね、い、い、い、い、いー」

想像どおり、スピーシィは肩を竦《すく》めた。

するとガイガンは上手《うま》く動かない身体を強引に動かして、スピーシィの前に転がり出た。

「真か!?」

「わあびっくり！　暑苦しいですね、席についてくださーい」

スピーシィが杖《つえ》を振ると、彼の巨体は瞬く間に浮かび上がり、そのまま元いた彼の机に叩き込まれた。しかしそれでも彼は即座に顔を上げて、スピーシィを見る。

「方策があると!?」

「まあ、一応考えてはいますよ。もっとも、あくまでも緩和策程度のものですし、塔で行われてる謎の大量魔力消費を止めなければ、話にもならないでしょうから、そこからですが」

「では……！」

「ただ、ねえ――？」

そう言うと、スピーシィは首を傾げる。

「それを助けてあげる義理、ありますか？」

ガイガンは思わず言葉を失った。

「私への依頼は停滞の病の究明。その仕事はもう果たしました。騎士の務めを果たしたクロくんとの契約《サイン》はもう終わり」

ですよね？　とクロに問いかけると、彼も沈黙して頷いた。

「それ以上してあげる動機、見当たらないんですよねえ、何度も私を捨てた国を助ける動機が」

「……恨んでいると」

「いえ、全然？」

ガイガンが恐る恐るというように尋ねる。するとスピーシィはあっけらかんと笑った。

「どちらかというと、どうでもいいです。この国が滅ぼうが救われようが、興味ないんです。勿論、可哀想《かわいそう》だなーくらいには思ってますが」

そう、別にスピーシィは亡国の危機に絶望する彼らを見て滑稽だと嗤うほど、性格はねじくれていない。

「手出しして感謝されるのも、見当違いで恨まれるのも、どちらにしても面倒くさいですし、保身のために何もしたくないというのも正直なところです……が」

そう、彼女は外道の類いではない――がしかし、

「助けて欲しいですか？」

性格が良いというわけでもない。

「幼い頃病で死にかけたのに救わず、国からも追い出した女に助けて欲しいと」

それはまるで、逃げ出すことも叶《かな》わなくなった獲物を前にして、どの部位の肉が最も柔いだろうかと見定める獣のように、うっすらと目を細め、心底楽しそうにスピーシィは笑った。

「う、恨んでは、いないと」

ガイガンはうっすらと冷や汗をかいて尋ねた。

彼もまた徐々に理解し始めていた。目の前にいるのが、慈悲深い女神ではないことを。

「恨んではいないですよ？　本当に、嘘《うそ》ではないです」

スピーシィは優しい声で言う。その姿は本当にたおやかで、聖女《マリア》のようだった。しかしその慈悲を真正面から受け取ったガイガンは、冷や汗が止まらなかった。

「――ただ、好奇心がそそられます」

コツコツ、と教卓を自身の杖で鳴らす。実に機嫌良く、自身の一挙手一投足に怯《おび》える騎士達の姿を楽しそうに眺めた。

「私を見捨てた国が私に救いを求めるため、どんな狂態を晒《さら》すのでしょう？」

コンと杖を止め、彼女は子供に言い聞かせるように優しく言った。

「できる限り沢山泣きわめいてくださいね？　それが見たくて、ここまで来たんですから」

その発言は、世間一般的に邪悪と言って差し支えなかった。

「……まあ、アンタはそういう女よね」

ミーニャは溜息を吐き出した。

スピーシィは、二十年前になすりつけられた風評のように、誰かの命を奪い、悦に浸るような鬼畜外道の類いではない。その類いではないが――普通に性格は悪いのである。

◆◆◆

「まあ、後の交渉は任せるわ」

クロ達の前でミーニャは両手を上げてぶん投げた。

ガイガンは冷や汗を流しながら顔を引きつらせた。

「ここで、投げられるのですか……バレンタイン様」

「国として彼女の助力が必要なのは納得していますけど、個人として彼女に頼るのはまったく納得していませんから」

ミーニャはガイガンに対してもバッサリと言いきる。その表情はどこか不愉快そうだった。

「彼女を切り捨て、追放し、今更必要だからとその力を都合良く利用しようとする……形振《なりふ》り構わないにも限度がある」

「ですが」

「分かっていますよ、ガイガン隊長。国のためずっと最前線で戦い続けた貴方が間違っているとも言いません。だからここまでは手伝いました」

ですが、ここまでです。と、ミーニャは手を上げた。これ以上、スピーシィを説得するつもりは自分にはない、ということらしい。

まあ、そうなるだろうなとクロは納得した。彼女はスピーシィの二十年来の友人だ。どれだけの大義があろうとも、その彼女をあまりにも蔑《ないがし》ろにする所業を是《ぜ》とするわけがない。

国を護《まも》る貴族としての立場で考えても、彼女は王都から距離を置かれ、不遇な扱いを受けてきた【周華貴族】だ。帰属意識も薄いだろう。情報をスピーシィから引き出しただけでも、随分と良くしてくれた方だ。

が、問題はここからである。

「この身であれば、奴隷扱いでも、なんでも受け入れますが……」

「おひげのオジサマに泣かれても鬱陶しいだけですし、気が乗りませんねえ。とりあえず二十年前私のこと好き放題罵って、自分の不正とか全部なすりつけてきた大臣達とかの雁首《がんくび》ここに並べるとかどうですか？」

「ご、ご勘弁を……」

実に楽しそうに、この国の首脳陣をまとめていたぶり尽くそうと楽しんでいる彼女を、どう納得して、協力してもらうかが重要だ。

もうさすがに、自分への憐れみだけで彼女を動かすことはできないだろう。そもそもあれも彼女の気まぐれでしかなかったのだ。

彼女は悪人ではない。本当に悪人であれば、【路地裏の聖女《マリア》】なんて渾名《あだな》はつけられない。病の被検体を探すとき、ついでというように他の病を患った、貧しい患者達を癒やす必要もなかった。そうしたのは、彼女に言わせれば「目障りだったから」なのかもしれないが、彼女自身の善性によるところもあるだろう。

しかし一方で、彼女は善人でもない。自分のことを見捨てた国を、罪無き民がいるからと身を危険にさらしてまで救おうと考える底抜けのお人好《ひとよ》しではない。

最後は手を差し伸べてくれるかもしれないが、別に彼女は、自分に何も手出しできなくなるまで徹底的に弱り果てるまでこの国を放置する選択肢もあるのだ。

停滞の病を彼女は既に支配下に置いている。自分の手の届く範囲だけ病から守りつつ、自分にとっての潜在的な敵を見殺す。そういう選択肢が彼女にはあるし、そしてそれは別に外道でもなんでもない。真っ当な自衛の選択肢だ。

彼女から協力を引き出せなければ、やはりこの国は滅ぶ可能性がある。それをなんとかするのがクロの使命だ。

そして、そのための切り札は、ある。

「スピーシィ様」

「あら、なんですクロくん。貴方も土下座ったりするんですか？」

それは〝主《あるじ》〟に与えられた、スピーシィとの交渉における切り札だった。スピーシィの協力がどうしても得られそうになかったとき、この鬼札を切るように、と主から言伝《ことづて》を預かっていた。

それがどういう意味を指すのか、実のところクロも分かっていない。

主からは「これを言えば確実に彼女は釣れる――――ただし、必要でない限り絶対に使うな」という警告を受けていた。

「俺は、貴女に調査するように頼んだのは王だと言いました」

「言ってましたね。それが？」

「実は、それは偽りなのです」

その切り札を切るとしたら、ここだろう。クロは覚悟を決めて話し始めた。

「まあ、そうでしょうね？　実は調査ではなく、私に罪をなすりつけるためだったのですから——」

「違うのです」

「はい？」

再びの否定に、スピーシィは首を傾《かし》げた。同時に、わずかに興味の光が彼女の目に宿ったのをクロは察した。

「貴女に罪を被《かぶ》せようとしたのは王でしょう。ですが、私の主は王ではありません」

そう、魔甲騎士団がスピーシィを捕らえようとしたのは、クロにとっても想定外だった。影の騎士は、他の騎士団と協力して動くことはまずない。でなければ〝影の騎士〟などと呼ばれることはない。

「影の騎士団が仕えるのは、王ではありません。我々は——」

大きく息を吸って、吐き出す。そしてクロはその切り札を口にした。

「現王妃、プリシア・クラン・グラストールの命令で動いているのです」

◆
◆
◆

「なっ……！」

クロの宣言に、ガイガンは絶句した。

影の騎士の存在をガイガンは噂程度にしか知らなかった。グラストール王国の後ろ暗い問題に対処するための偽りの騎士である、というくらいだ。それがまさか、王妃プリシアの懐刀であるとは思わなかった。

だが、今重要なのはそこではない。

問題なのは、彼の主が二十年前、スピーシィが追放されることになった元凶ということだ。

当時の真相をガイガンは知らない。ガイガンはただの見習い騎士でしかなかったのだ。王都では大騒動になって様々なゴシップが飛び交ったが、結果どれも根拠のない噂話に留《とど》まった。

だがどの噂も、スピーシィがプリシアを害そうとした結果、追放されたという点は一貫していた。

実際、王宮から発表された内容も相違なかった。

だとすれば、スピーシィがプリシアに対して良い感情を抱いているはずがなかった。もしも本当に、スピーシィがプリシアを害そうとしたのが本当なら当然そうだし、そうでないなら濡《ぬ》れ衣《ぎぬ》を着せられたことになる。尚《なお》のことだ。

彼女の使いに対して、スピーシィが好意的になるとは到底思えない。だというのになぜ少年騎士はその事実を明かしてしまったのか。

「影の騎士団はプリシア様の私兵部隊です。我々は彼女のために仕えています。プリシア様の命令で、貴女に協力を取り付けてもらうようにと言われました」

ガイガンの懸念を余所《よそ》に、クロは次々と事実を明かしてしまう。

喜々として楽しそうに、かつての敵対者達への心身の陵辱計画を考えていた彼女は、ピタリと沈黙し、クロの説明を黙って聞いていた。

彼女の顔を窺《うかが》うのがガイガンには恐ろしかった。今にも憤怒の形相で怒鳴り散らして、出て行ってしまう光景を想像した。

そう思っていると、スピーシィはふらりと立ち上がる。そして、小さく喉を鳴らした。

「き」

「き？」

なんだ？　と思っていると、彼女はぐっと身体を縮め――――


「ツキャアアアアアアアアアアアアアアアアアアアアア♥♥♥♥♥」


――――跳び上がり、歓喜を叫んだ。

「!?」

ガイガンは驚愕《きょうがく》した。固唾《かたず》を飲んで見守っていた騎士達も全員、驚き仰《の》け反《ぞ》った。

先程までも楽しそうに、「どんな酷《ひど》いことをしてやろうか」なんてタチの悪い計画をツラツラと述べていたが、それとも比較にならないほどの狂喜乱舞だった。彼女はその場を跳ね回り、そしてそれをやや引いた様子で眺めているクロに向かって飛びついて、肩を揺さぶった。

「え、え、え!? 本当ですか!? 本当に!? プリシアの命令で? あの!?」

「そ、そうです、が」

クロも彼女の反応には戸惑っている。がくんがくんと肩を摑《つか》んで揺らしながら、彼女は興奮を抑えきれないといった様子で跳び回った。

「うっそ!! なんてこと!! 私に向かって悪態垂れまくってツラを見せたらその瞬間顔面に魔剣百本叩《たた》き込《こ》んでやるって二年前に喚《わめ》いてたあのプリシアが!?」

両手を広げて、踊るように回りながら、彼女は叫んだ。

「私に、助けを求めたんです!?」

堪えきれない、というように笑い出す。

もはや、全員が呆然《ぼうぜん》と彼女の狂喜を眺めていた。唯一、ミーニャだけが「あーあー」といった表情で顔を顰《しか》めていた。

「夢みたい!! あの女どんなツラして私を呼び出したんでしょう! 苦悶に歪《ゆが》んだブッサイクな顔に違いありません! 今すぐ嗤いに行きましょう!!」

「お待ちください。マジでお待ちください。ホント待ってください」

目の前で並び平伏している騎士達を完全に放置して立ち上がり、窓の枠に足をかけて外に飛び出そうとしたスピーシィをクロが止める。腰を引っ掴むようにしてなんとか動きを止めた。

「邪魔しないでくださいクロくん！　たった今、私の最優先事項はプリシアの馬鹿面を肴《さかな》にワインを呷《あお》ることに決まったんです！」

「その禍々《まがまが》しい最優先事項をいったん取り下げてください。お願いしますから……!!」

クロの懇願をなんとか聞くだけの知性はギリギリ残っていたらしく、スピーシィは渋々部屋に戻る。が、それでも興奮した様子であり、今にも部屋を飛び出しかねない様子だった。

「そもそも彼女に会うことはできません」

「え、なんでです？　許可貰《もら》わなくても勝手に会いに行きますけど？」

問題になる発言だったが、ガイガンも今は聞かなかったことにした。

「そもそも彼女は今王離宮にいます。沢山の騎士に護衛されています」

「え？　ここに並んでいる騎士様達くらいなら百人いても私、倒せますよ？」

「バケモノかこの女ゴバァ!?」

思わず本音が漏れた騎士の一人の頭上に突如鉄砲水が降り注いだ。水に押しつぶされた部下はピクピクと痙攣《けいれん》し、残された騎士達は揃《そろ》って口を閉じた。

「……護衛を退けたとしても、無理です。彼女は今、病に冒されています」

「停滞の病？　それなら治せますが？」

「感染を回避するため、彼女の休む離宮には【白皇の魔障結界】が張られています」

それを聞いた瞬間スピーシィは舌打ちした。

「感染防止の建て前で護りに入りましたね……さすがに【白皇】は私でも厳しいか」

ぶつぶつと呟き、そして両手を合わせて期待するようにクロを見つめた。

「結界、解除できますよね？　結界を張った当人達なら」

「私の一存で許可は出せません……が、停滞の病が解決できれば、許可は出るかと」

クロの言葉に口先を尖らせ沈黙する。そして数秒後、

「――――いくら追放されたとはいえ、この国は私の故郷です」

立ち上がって両手を重ね、聖女《マリア》のように祈りのポーズで、宣言した。

「無辜《むこ》の民が苦しんでいる現状、放置できません。私がこの国を救ってみせます！」

「この女……」

クロは思わず呟いた。この場にいる全員が同じことを思った。

◆◆◆

「……まさかとは思ってたけどね」

「あ……あの、ミーニャ様」

狂喜乱舞するスピーシィの様子を、どこか悟ったような顔で見ているミーニャに、ガイガンは近付き、ひっそりと声をかけた。

「なにかしら、ガイガン隊長」

「あの、彼女は……どういう？」

非常に要領を得ない質問であるが、質問の意味はまあ、理解できた。

スピーシィのあの興奮状態がまったく解せないのだろう。

まあ、それはそうだ。普通、自分と騎士ごっこをやっていた相手が、憎き自分の仇《かたき》の手先だなんて怒りそうなものだ。なのに今、彼女はぴょんぴょんと子供のように跳ね回っている。

ミーニャだって、彼女の精神構造は理解しきれないし、したくもない。が、今なぜ彼女が喜んでいるかは、長年の付き合いで分かっていた。

「基本、貴方の想像どおりよ。スピーシィは王妃プリシアを嫌っている。プリシアも同様」

「ですが……なら、アレは？」

ガイガンは、上機嫌にクロの両手を取って踊っているスピーシィを心底訝《いぶか》しむ眼《め》で見る。

たしかにアレは嫌悪の感情とは思えないだろう。

プリシア王妃の窮地――と、この苦境を嘲笑《あざわら》うなら、もっと早く彼女の態度はあからさまになっていたし、「彼女と会うためにこの国を救おう！」とはなるまい。

言わんとすることは分かる。が、そこが友人のヘンなところだ。

「……スピーシィって、嫌いと尊敬が同時に成立するの」

「尊敬」

飛び出した単語があまりにも突飛で、ガイガンは変な顔になった。

「二十年前、スピーシィはプリシアに追放された。あらゆる謀略によってものの見事に第一王子の許嫁《いいなずけ》の座から引きずり下ろされた。その一件にスピーシィは感激したの」

スピーシィを貶《おと》めた一連の立ち回り、その謀略の数々をミーニャから聞いたときのスピーシィの様子は今も覚えている。

いかに自分が丁寧な立ち回りで貶められ、その名誉を傷つけられたか、一つ一つ聞く度に感心し、そして褒めちぎった。

――凄《すご》い！　凄い！　そんなふうに相手の心を操るなんて！

それまで本当に魔術にしか興味が無かった彼女が、初めてそれ以外に興味を示したものが、自分の追放劇だったというのはなんとも言えない気分になったものだった。

彼女が美容に気遣い始めたのもその後からだ。

常に見目麗しくを心がけたプリシアを真似《まね》始めたのだ。ボサボサでロクに手入れしていなかった髪や肌も気遣い始め、化粧も覚えた。追放され、暫《しばら》くは誰一人立ち入ることもない塔の中で化粧技術を磨き上げていた。その後、ようやく彼女と連絡が取れたとき、あまりにも様変わりしていたせいで一瞬誰だか分からなくなったのは印象深い。

――いや、なんで追放される前よりも艶《あで》やかになってるんだお前は、と。

「なるほど……なるほど？」

ガイガン隊長は説明を受けてもまったく意味が分からないといった様子ではあった。まあ、気持ちは分かる。ミーニャも似たようなものだ。

「それで、この話には続きがあるのだけど」

「あるのですか……」

既におなかいっぱいだ、という顔をしている彼を無視して言葉を続ける。

「【追放島ゼライト】をスピーシィはとうに支配して、実質的に手中に収めてしまった。【奈落《アビス》】も封じた。奈落《アビス》の脅威もなくなったから、島の外との交流も回復したの」

「それは、知らなかったです」

「国も隠していたからね……で、それからスピーシィはグラストールへの干渉を開始したの」

「干渉……というと」

「まあ……つまるところ、プリシア王妃への嫌がらせよ」

詳細はあまり聞いていないが、それはもう、あらん限りの嫌がらせを行ったらしい。

プリシアが起こそうとする事業があると聞きつければ、必ず先回りして同じ事業を立ち上げる。

プリシアが何をするにしても、まるでストーカーのようについて回る。目立ちすぎないように、しかし確実にプリシアにとって目障りな位置を陣取って。

「……復讐《ふくしゅう》のため？」

「勿論、意趣返しの意味もあるんでしょうけど……ガイガン隊長、お子様は？」

「は？　男の子と女の子が一人ずついますが……」

「子供って、構って欲しくて親が嫌がることとする時期なかった？」

「…………どちらにもありましたが……スピーシィ様も、それだと？」

「人間、どれだけ年を取ってもガキのままっていうけど、限度があるわよね」

当然、スピーシィは名前を隠していたが、そんなことが続けばプリシア側も察する。

追放したはずの女が暗躍しているのだと。

そしてプリシアは即座に反撃した。スピーシィもそれに対して再び反撃し、以降二十年間、ずっとスピーシィとプリシアは戦争状態だ。

「だからスピーシィ、グラストール王国のことや、元婚約者の国王のことなんてまったく興味ないんだけど、プリシア王妃のことだけは興味津々なのよ。そのプリシア王妃に、プリシア王妃自身を餌にされたら、そりゃあの子食いつくわね」

「……私はそのような事実、知りませんでした」

「でしょうね。プリシア王妃、徹底的に隠していたもの。スピーシィも邪魔されたくないからって下手《へた》に喧伝《けんでん》しなかったから」

しかし、彼女達が主戦場としている商売の世界だと結構有名な話ではあった。【王妃と追放魔女の大戦争】と密《ひそ》やかに銘打たれたその戦争は、幾多の商売ギルドを巻き込んで、今も尚、界隈《かいわい》を騒がせている。

「……それで、この後どうなるのでしょう」

「まあ、少なくともあの子がやる気になった以上、この王都の騒動はなんとか決着するんじゃないかしら。王妃を煽《あお》るためなら、国くらい救うわよ」

勿論、スピーシィは天才だが、万能の神様というわけではない。できないこともある。グラストール王国は無傷では済むまい。

とはいえ、それは最初から分かっていたことだ。その後始末こそ、ミーニャ含めた自分達でしなければならないことだろう。

「その後始末については、覚悟できています……ですが」

「ですが？」

「その……プリシア王妃はどうなるでしょうか？」

ガイガンの問いに、ミーニャは苦笑いを浮かべた。

「かわいそうなことになるわ」

「かわいそうなこと」

「二十年間滅多《めった》なことで晒さなかったプリシア王妃の窮地ですもの。しかも自分に助けを求めてきたとくれば、スピーシィが何するか、分かったものじゃないわ」

その自分の隙を釣り餌として用いる辺り、本当に抜け目のない王妃ではあるのだけれど。

「…………」

ガイガンは沈黙し、顔を伏せ、そして絞り出すような声で言った。

「王妃の、尊厳が……残ることを祈ります」

「残るといいわね……」

スピーシィの追放騒動で、ミーニャはプリシア王妃のことは苦手になったが、しかしさすがにプリシア王妃を憐れむくらいの人の心は彼女にもあるのだった。

「目が覚めたプリシアになんて声をかけましょうか？　クロくんも一緒に考えましょうね」

「さすがに俺にそれを考えさせるのは、畜生が過ぎますプリンセス」

そして、そんな友人の憐れみなど知ったことかというように、スピーシィはクロと一緒にダンスに興じていた。

六章 ✦ 神魔の塔 ✦ EPISODE 6

王都グラストール、大通り。

「解決策――と言っても、そこまで劇的な結果は期待しないでくださいね？　何もかも、魔法のように解決するやり方ではありませんから」

王妃プリシアへの面会。

それを餌に再び協力することとなったスピーシィだが、興奮状態が収まった彼女は淡々と語る。

その彼女の横にはミーニャと影の騎士クロが、そしてその背後にはガイガン達【魔甲騎士団】がついてまわった。

「〝停滞状態にある魔素《マナ》の回復速度を早める〟。後は〝塔に依存したインフラ術式《コード》のデチューン〟くらいでしょうか。勿論《もちろん》、それだけで王国の背負う傷の全てをまかなうことは叶《かな》いません。これまで塔で獲得してきた恩恵に並ぶだけのダメージを負うことくらいは、覚悟してくださいね」

「ええ、承知してます」

ガイガンは苦々しい表情で頷《うなず》いた。それくらいの覚悟はたしかに必要だった。国自体が滅亡し、混乱の只中に何の罪も無い民が巻き込まれることを考えれば、よほどマシな結果と言えるだろう。

「とはいえ、どのみち魔力の過剰消費という問題を解決しなければ話にもなりません」

そんなわけで、一行は現在、全ての元凶と目される【神魔の塔】へと向かっている。

追放された魔女にまがいの騎士、貴族に王国最強の騎士集団、とあまりにも珍妙極まる集団が大通りを闊歩《かっぽ》している光景が広がっていたが、それを指摘する王都の民はいない。

多くの人で賑《にぎ》わっていた道は本当にガランとして、さみしい限りだった。

そんなガイガンの感傷を無視して、スピーシィは更に言葉を続ける。

「加えて言っておきます。神魔の塔では、想定外のトラブルが発生する可能性が極めて高いです」

「貴女《あなた》であっても、何が起こるか分からない？」

「私、全能の神でもなんでもないですもの。なのでクロくんは私のこと、ちゃーんと守ってくださいね」

「勿論」

クロが頷くと、ニコニコと嬉《うれ》しそうに彼の頭を撫《な》でる。そういう仕草は、なんというか優しげであるように見えた。

【塔】の仕組みについては分かっていませんからねえ、私」

「そ、そうなのですか？」

それは意外な答えだった。ここまで、何もかも理解していそうな言動を繰り返していたため、彼女なら塔の仕組みもとっくに見抜いてると、勝手に思い込んでいた。

「私が調査したのはあくまでも〝魔力の過剰消費によって起こる弊害〟であって、〝魔力を過剰生成する仕組み〟の方ではないです」

「なるほど……」

「そもそも〝塔を完成させること自体不可能〟って断言してたんですもの。そして、今もそう思ってます。それくらい、あれ意味不明な存在なんですよ？」

「……」

塔は【魔術王】ローフェン・クラン・グラストールが創り出した奇跡と言われている。今やこの国にとっての象徴に等しいが、一方でその仕組みについて大半の国民は理解していない。

塔の情報は、王が国家機密として徹底的に秘匿としたのだ。それ自体は、至極当然の処置だ。

もしもこの技術が悪《あ》しき者の手に渡れば、それだけで王国に匹敵するだけの兵力を手にするに等しい。慎重を期すのは当然に思えた。

だが、こうして危機が訪れた後となると、何も知らぬまま理解しないまま、その存在に依存することがどれだけ恐ろしいかを改めて考えさせられた。

あらゆる魔術師が頭を悩ませていた問題を即座に読み解いた彼女にして「意味不明」と言わしめる存在に、十数年間依存し続けた結果が今の滅亡の危機なのだから。

「ま、そのものを保証する権威をよすがに、どういう仕組みかも分からないまま使う、なんてよくあることですけどねー。私だって、美容のための化粧品がどうして肌に良いのか分かってないとき、ありますもの」

そんな慰めともつかないスピーシィの言葉に苦笑しながら、ガイガン達は先に進んだ。

そして、そうこうしている間に一行は塔の前までたどり着いた。やはりというべきか、塔の周囲にも人気《ひとけ》は無い。巨大な美しい塔、王都が無事な頃は観光名所にもなっていたその場所は、ガランとしていた。塔がこの王都を滅ぼす元凶である可能性を語られた今となっては、薄気味の悪さすら感じる。

「改めて伝えておきます。ここで行うべきは二点。〝塔の仕組みの調査とその停止〟そして〝塔が創り出した膨大な魔力の消費先の調査〟。良いですね？」

全員が頷く。

「私のこと、クロくんと騎士のオジサマ達はちゃーんと守ってくださいね？　それでミーニャは……」

スピーシィは首を傾《かし》げ、ミーニャを見つめた。

「留守番しててもよいのですよ？」

「危険そうならちゃんと逃げるわよ。アンタが変なところですっころばないよう、ついていくだけよ」

「むう」

困ったような、だけれど少し嬉しそうな表情をスピーシィは浮かべた。そして、

「というわけで、【塔】に入りましょうか？」

「……塔は、王族と王族に選ばれた術者しか立ち入ることができませ――」

「はい【開けゴマ】、何か言いました？」

「……いいえ。何にも」

継ぎ目が一切見えない塔の壁に、隠された扉をあっけなく出現させたスピーシィの技術にツッコミを入れるのは、ガイガンももう諦めた。

◆◆◆

神魔の塔、内部。


選ばれし者しか立ち入ることができない塔の内部は、異様な光景だった。

そこは縦にも横にも広い空間だった。照明は無く、しかし空間を満たす魔力それ自体が光源となって照らしていた。

外壁と同じ真っ白な石の建材で建築されているらしいのはたしかだが、分かるのはそれくらいだ。

神秘的な空間には無数の魔力の光が奔《はし》っている。立方体の石材が宙に浮かび、刻まれた術式《コード》が明滅している。

果たしてそれらがどのような役割を果たしているのか、ガイガン達にはサッパリ分からなかった。

ガイガン達も騎士である以上、魔術の心得はあるのだが、あくまで彼らが精通するのは戦闘に関わるものであって魔術の深淵《しんえん》に対する研究ではない。

「ふむふむ、ほへーははは一ん……？？？」

その空間の中を、スピーシィはぶつぶつと呟《つぶや》きながらうろうろと探索し続けていた。唯一彼女だけが目の前の光景に理解を示している。本来なら手伝った方が良いのかもしれないが、知識が及ばなすぎて、何を手伝ったら良いのかもよく分からない。

「スピーシィ、何か分かったの？」

ミーニャは質問を投げる。が、スピーシィが反応を示すことは無かった。ミーニャは肩を竦《すく》める。

「……あ、駄目ね。全然コッチの話聞いてない。ほっとくしかないわ」

「我々に手伝えることは……？」

「無いわね。スピーシィの邪魔にならないようにするだけよ」

「……せめて、何か書類のようなものがあるか探してみます」

ガイガンの指示で騎士達も動き出す。クロやミーニャも彼らを手伝った。

とはいっても、やはりと言うべきか、あまりめぼしいものが見つかることはなかった。上階へと続く螺旋《らせん》階段を登ってみても、部屋といえる部屋は見当たらない。塔の最上階には王都を観察できる遠見の水晶が設置された一室があったが、そこにもめぼしいものは無かった。

根本的に、人が活動した形跡があまりにも乏しかった。元々、限られた人間しか立ち入ることはない場所だ。当然と言えば当然だが、ここまで何も無いものなのか——

「なーるほど……これは、すっごい場所ですね」

と、いよいよ手持ち無沙汰になろうというタイミングで、スピーシィが我に返ったように声をあげた。ガイガンは作業を止めて、期待を込めて彼女へと視線を移した。

「何か分かりましたか？　スピーシィ様」

「いいえ、ぜんっぜん!!」

がくん、とガイガンは転びそうになった。頼みの彼女がコレではどうにもならない。と思っていたが、しかし彼女はそのまま言葉を続けた。

「ええ、本当に全然意味が分からない！　こんなに、意味の無い施工をするなんて!!」

「それは……どういう意味です？」

「そのままの意味ですよ」

そう言って両手を広げる。魔光が迸《ほとばし》り、無数の物体が浮遊し、交差する。遠い先の時代にたどり着いてしまったかのような不可思議な空間の中央で、彼女は満面の笑みを浮かべ、断言した。

「これ、ぜ――――――――――――んぶ、ハリボテです！！！」

ガイガン達はあまりの衝撃に絶句した。

◆◆◆

「……ちょ…………っと、待ちなさい！　なんて言ったのスピーシィ!?」

最初に再起動を果たしたのはミーニャだった。とはいえ動揺は隠せていない。酷《ひど》く混乱した表情で周囲を見渡しながら問いただした。

「ハリボテ……？　ここが？　この塔が!?」

「はい。ハリボテです。ここにある装置も術式《コード》も全部」

スピーシィはその問いに即答する。だが、そう言われても信じられないものは信じられない。十五年間、建設の期間も含めれば二十年間、グラストール王国の中心であった神魔の塔が、その中身が、全てハリボテ？？？

「いや……だって、そんな馬鹿なこと」

「まあ、信じられないのは理解できますが、たとえば――ここを見てください」

そう言って、スピーシィは手近に存在した魔導機械を指さした。柱のように縦に伸びた魔導機械だ。ツルツルの表面には無数の術式《コード》が刻まれ、光り、中央の魔導核へと伸びていく。

「これ、なんだと思います？」

「いや私、貴女ほど魔術にも魔導機械にも詳しくは……なんなの？」

「なんなんでしょう？」

「ちょっと」

あまりにも巫山戯《ふざけ》た答えにツッコミを入れたが、スピーシィは（比較的）真面目な顔だ。

「本当に分からないんですよ。なんでしょうね？　これ。だってほらここ見てください」

スピーシィの指さした術式《コード》を見る。ミーニャも一応、ガルバード魔術学園の卒業生だ。魔術の知識は最低限身につけている。さすがに、もう大分記憶も朧気《おぼろげ》だが、なんとか昔の授業を思い出そうとして――眉をひそめた。

「読み辛《づら》っ……」

彼女が示した術式《コード》は、あまりにも読み辛かった。

読めないわけではない。グラストール王国の言語で書かれた術式《コード》なのはたしかだ。子供だって、一つ一つの単語を読むことはできるだろう。問題なのは、その言葉を使って書かれた術式《コード》が、とてつもなく回りくどくて長ったらしく、難しい言葉にわざわざ言い換えられていることにある。

「王宮に提出しなければならない書類みたいだな……わざと言い回しをややこしくしている」

ミーニャの隣でその術式《コード》を読んでいたガイガンも顔を顰《しか》めた。騎士団の隊長として勤めている彼には見覚えのある文体だったらしい。

「空間……制御？　おそらく……大気の魔素《マナ》を操作するための、術式《コード》だと思うのだが……」

「じゃあ、この魔導機械はそのためのものなの？」

そう納得して魔導機械を見上げる。が、それに対してスピーシィは肩を竦めた。

「いいえ、そんな機能ありませんよ。この機械」

「は？」

「だって、この中心部にあるの、計測器ですよ？　空間の魔力量を測るためのものです」

「……それは、何の意味があるの？」

真っ当に考えれば、魔力計測器に魔素《マナ》操作の術式《コード》を結びつける理由が分からない。もちろん、自分の知識が及ばないだけで、そこには想像もつかないような相互作用があるのかもしれない。と、思ったが、スピーシィは不思議そうに首を傾げた。

「さあ、何の意味があるんでしょう。操作術式《コード》を計測器に繋《つな》げて、どのような効果があるのか、私の知識ではサッパリです」

彼女の知識でサッパリなら、誰にも分からないだろう。

「他にも、この増幅術式《コード》はど真ん中にデカデカと刻まれてるのに、なあんにも増幅していません。こっちの魔導機械は、それっぽく浮いてますけれど、本当に浮いてるだけですね。それだけの機械です。インテリアかしら？」

スピーシィは次々と、いかにこの空間がなんの意味もない場所であるかを説明していく。ミーニャ達はそれを聞く度に言葉を失った。

だって、意味が分からない。

「じゃあ……だったら、ここはなんなの？」

この場にいる全員が思ったことを、ミーニャは問うた。この支離滅裂な空間に何かの理屈が無いと納得できなかった。

「さあ？　……と、言いたいですが、何を目的にしたかは読み解けますよ？」

「目的？」

「ミーニャはこの空間を最初見たとき、どう思いました」

問われ、最初、ここに来たときの自分の思考を思い出す。

「そりゃ……ああ、私の知識では理解できるような場所じゃあないわねって思ったわよ」

複雑怪奇な魔導機械や術式《コード》を見たときのような感覚だ。はなから、理解しようとすること自体を脳が諦める感覚。考えたところで理解できないことに、脳がリソースを割くことを拒絶したのだ。

そのミーニャの答えに、スピーシィは満足そうに頷いた。

「まさに、それが狙いでしょうね」

そう言いながら、彼方此方《あちこち》の魔導機械に触れていく。

「術式《コード》を読み辛くして、無数の用途不明の魔導機械を間に挟んでブラックボックス化して、どんな魔術師が見ても〝専門外の部分〟を生み出して、全体像をぼやけさせる。複雑怪奇な高等技術の集合体――――に見せかける」

無駄で無意味で無秩序。一貫してるのはただただ一点。

「これ、凄《すご》いですね。ここまで外面を良くすることだけに特化した空間、なかなか無いですよ」

見栄えを良くする。たったそれだけを目的とした場所だった。

「ですが、塔は機能しています！」

「そうですね。その事実が尚《なお》、眼《まなこ》を曇らせる」

クロの疑問の言葉にもスピーシィは頷いた。

「たしかに少しおかしな部分もあるけど、きっと自分の理解の及ばない意味があるのだろう。〝だって動いているのだから〟って。私も疑わずにただ見せられたら〝まあそういうものなのかな？〟って誤魔化《ごまか》されていたでしょうね」

と、スピーシィは楽しそうに笑った。だが、彼女以外は全員、まるで覚めない悪夢でも見せられたかのような表情になっている。たまらず、騎士の一人が叫びだした。

「じゃあ、なぜ塔が動いているのです！　何が、この塔を支えていると……！」

だが、騎士が問うてもスピーシィは肩をすくめるだけだ。実際、彼女に問い詰めても意味は無いだろう。何しろ、スピーシィは塔に足を踏み入れること自体、今日が初めてなのだから。別に彼女はこの場所を創り出したわけでもなんでもない。責任の所在も彼女には無い。

そして、それならば、

「知りたいなら、創った人に聞くほかないのでは？」

「創った……人」

叫んだ騎士は顔を顰める。その気持ちはミーニャにも分かる。だが、たしかに彼女の言うことは正しい。もはやこの期に及んでは、そうするほかない。

「現国王、ローフェン・クラン・グラストールに聞くしかないでしょう？」

彼女の元婚約者にして、この国の支配者。【魔術王】ローフェンに話を聞くしかないのだ。

◆◆◆

第一王子、ローフェン・クラン・グラストールとスピーシィの関わりは酷く薄い。

婚約していたときも、それほど関わりはなかった。勿論それは、スピーシィが他人との関係を築くことを怠っていたのが原因だったといえばそうだ。しかし今思い返せば、必ずしも自分だけが原因ではなかったように思える。

婚約者として何度か接触したことはさすがにある。

両親に脅されるようにして、王家主催のパーティに参加したことがあった。

もちろん当時のスピーシィにとっては迷惑な話だったが、さすがにその機会を拒絶して逃げ出すほど道理を弁《わきま》えないわけではなかったから、喋《しゃべ》ることも何度かあった。

金髪の線の細い青年。常に柔和な笑みを浮かべた物腰柔らかな男。

古く長いグラストール王国の今後を背負って立つ使命を帯びた至宝。

女性に好ましく思われるであろう態度の彼は、実際優しく多弁だった。無愛想で、おおよそ貴族らしからぬ態度だったスピーシィに対しても一切嫌な顔一つせず、いろんな話を投げかけては笑っていた。

それを悪いことだとは思わなかった。

無愛想でお世辞にも真っ当な教育を受けた貴族らしからぬ態度だった自分に対しても、良くしてくれていた方だろう。

だが、今思えば会話が成り立っていなかったように思えた。

彼はよく喋っていた。だが、こちらの無愛想な態度を気にも留めていなかった。普通は不機嫌になったり、困惑したりするもので、そうでないとおかしいのだ。だけど彼はまったく、ちっとも、そういう反応を見せなかった。

きっと、彼は自分ではなく壁が相手でも同じように笑っていただろう。

彼はスピーシィを見ていなかった。彼が見ていたのは、婚約者と共にいる自分を見つめる周囲の視線だ。彼は取り繕うことに長《た》けていて、そしてそれにばかり注力していた。今振り返ればそう思う。

だから彼に国を追い出されたとき、ちっとも哀《かな》しくはなかったし、意外にも思わなかった。

ああ、きっと自分は、彼の虚栄を維持するに邪魔になったのだろうと、彼の行動に納得すらした。

だから追放された怒りは無い。というよりも、怒りに到達するほどの興味も無い。

だけど、今は少し興味がわいていた。今の彼の顔を見てみたいと思った。

虚栄を求める彼の心が、自分の想像を遥《はる》かに超える怪物のカタチをしていた。

今の自分に対して、彼は自分の前で人のよさそうな笑みを浮かべることができるのか、好奇心がそそられたのだった。

◆◆◆

神魔の塔、内部。

「さて、それじゃあ王さまに会いに行きましょうか？」

実に気軽な声と共に、彼女はグラストールという大国のトップへの謁見を宣言した。

しかし無論、この場に「じゃあそうしよう」と同意できる者はいない。影の騎士、クロは首を横に振った。

「王は、王城に存在する自身の研究室に篭《こ》もりきりです。王妃の呪いを打ち破るための研究を続けてます」

「あら、ご立派」

「そして限られた者達以外、王の研究塔に入ることはできません」

魔術王として有名なグラストール王は現在この国難を打ち破るべく、そして王妃を救うべく、研究に明け暮れている。国務も研究室から行う徹底っぷりであり、彼の研究はいかなる理由があろうとも妨げることはできないことになっている。

魔術大国の王として頼もしい振る舞いだ。と彼の配下達は絶賛し、感動に打ち震えていたりしたものだった。

もっとも、【塔】の実情を見た後だと、薄ら寒いものを感じざるを得ない。

「謁見は調査の妨げになるとして、ほとんど許可されることはありません」

「本当にご立派だこと。その割に私が来たと知れば即座に魔女狩りかましてましたけど」

少なくとも、研究に勤《いそ》しみ他のことに手がつかなくなってしまっている、という訳ではないらしい。

「スピーシィ様は論外として、ミーニャ様やガイガン様達であっても、謁見の許可が下りることはないでしょう」

「だろうな。だとすると、どうするか」

クロの言葉にガイガンも頷き、渋い顔をする。

「ま、無理矢理《むりやり》押し入っても良いっちゃ良いんですが……おひげ隊長」

「なんでしょう、スピーシィ様」

珍妙なる呼び名をもはや気にすることもなくガイガンは応じる。スピーシィはコンコンと地面を足で叩《たた》きながら問うた。

「その王城にあるという研究工房は、どこにあります？」

「……たしか、王城の敷地内に建設された塔の中に……ここよりも少し小規模なものでしたが」

「そこに地下空間はありますか？」

「……当時の研究塔の建築に関する詳細は知りませんが、グラストールの建築であれば、地下施設は用意すると思われます」

この場所、神魔の塔に対して、王城の研究塔の竣工はそれほど昔ではない。大体五年ほど前にグラストール王専用の研究所として建築された塔。その詳細まではさすがにガイガンでも分からないが、塔建設の過程は王都に戻る際に目撃していた。

あの建築物はこの神魔の塔のように特殊なものではなかった。グラストールの土壌は硬く、しっかりとしているため、地下空間はよく利用されやすい。そのための建築技術も培われている。無い、ということはないはずだった。

「じゃあ当たりかもですね」

「どういうことなのです？」

疑問に答える代わりに、彼女は足下を靴でカンと鳴らす。すると同時に、その場にいた全員が確かな揺れを感じとった。何事だろうと全員が視線を彷徨《さまよ》わせていると、次第にその震動が足下からきているものだと理解した。

「この塔、地下空間があります。調べている途中で気付きました」

継ぎ目すら無かった地面が割れ、地下へと続く階段が出現した。

「階段と……通路」

「この方角、どちらに続いているか分かります？」

そう問われ、ガイガンと部下達はすぐさま地下通路が延びる方向を確認する。王都の立地を把握している彼はすぐに答えを導きだした。

「まさしく王城の方角です……！　王城への直通通路!?」

こんな場所も知らず、なにが国防か！　とガイガンは自らへの怒りを顕《あら》わにして叫んでいたが、この件に関しては彼が自分を情けなく思う必要はない。こんな場所すらも隠して用意していた王の秘密主義が問題だ。

ガイガンの部下達も困惑と警戒に満ちた表情を浮かべている。醜悪な真実を晒《さら》した塔と、自分達が護《まも》るべき王を結びつける物理的なラインが、目の前に出現してしまったのだ。

そこに対して恐怖や不安を覚えないはずがなかった。

「塔の地上から上全部見せかけのハリボテ。だとして、厚化粧の下にはなにがあるのでしょうね。クロくん」

唯一、スピーシィだけは好奇心に満ちていた。彼女の表情は、なにが入っているかも分からない得体の知れぬオモチャ箱を発見した子供のソレだ。困ったことだが、そんな彼女の好奇心が今は頼もしい。

「行きましょうか。どうか私の傍《そば》を離れないでください。スピーシィ様」

「まあ、カッコいいですね騎士様。この先に何がいても、私を護ってくださいね」

「鬼が出ようが魔が出ようが、貴女には指先一本触れさせません」

スピーシィをキャーキャーと喜ばせるクロを、なんとも言えない呆《あき》れ顔《がお》でミーニャは見つめる。

その視線は痛いが、クロはいたって真面目だ。

何せこの先、本当に鬼や魔が出てくるとも限らない。

大国グラストールの危機、その全ての元凶がこの先にいるかもしれないのだから。

◆◆◆

通路は、広く、長く続いていた。

王都グラストールの至るところに地下通路は存在しているが、この道は、他のどんな地下通路よりも深く、そして長く延びていた。その通路をひたすらに進んでいく。

「みーちーなーがーいー。私、浮いていいですか」

「好きにしなさいな。倒れられても困るわ」

わーい、とスピーシィは浮遊する。誰もそのものぐさに突っ込むことはしなかった。

全員が分かっている。現状は彼女が頼りであり、彼女にはできる限り体力を温存してもらわなければ困る。

この場所の異常性に対して理解し、対応できるのは彼女以外いないと、全員が察していた。

通路は続く。クロはうっすらと汗を掻《か》きはじめていた。

体力を消耗して、ではない。スピーシィでもあるまいし、この程度で疲れるような身体《からだ》ではない。

空間の湿度と温度が上がっていた。同時に、自分達が進んでいた通路の様子が変化していた。

真っ白で無機質な通路が、徐々に汚れてきていた。

カタチが歪《ゆが》み、でこぼこの道になってきた。

壁に触れると、妙に生温かくぬめりを帯びている。

「まるで、生物の腹の中ね……」

ミーニャがぽつりと漏らした感想は、的を射ていた。

まさしく生物の腹の中のような、生々しい感覚が全員を襲った。粘り気は地面にまで及び始めた。

足を進める度に、なにか腐った肉でも踏みしめたかのような、粘着性の伴った不快な感触が伝わり、怖気《おぞけ》が走る。うっかりと転んでしまわないように注意が必要だった。

等間隔で設置されていた照明の状態が怪しくなる。点滅し、完全に消えているものまである。騎士の何人かが魔術で灯《あか》りを創り、なんとか道を照らすが、それでも不気味さは拭えなかった。

「ミーニャはもう帰った方が良いかもしれませんよ？」

「冗談。部外者のアンタに身体張らせて、私だけ安全な場所にいるわけにはいかないのよ。これでもこの国の貴族よ」

「もう、真面目なんですから。騎士様達、ミーニャはちゃんと護ってくださいよ？」

無論、とスピーシィの言葉に騎士達は頷く。だが、彼らの表情はミーニャ以上に険しかった。

「……こんな場所が地下にあるのに、暢気《のんき》に気付かず暮らしていたとは」

どちらかというと、その険しさは自身へのふがいなさからのようだが――、

「反省も結構ですが、もうだいぶ進んだんじゃないですか？」

「いえ、王城まではまだ距離がかなり――」

と、ガイガンが話していたときだった。

突然彼が剣を引き抜く。同時に彼の部下達も同じように剣を抜くと、スピーシィとミーニャを囲むようにして円陣を組んだ。クロもまた彼らに続く。

ミーニャとスピーシィは、どちらも全員の反応に少し驚いていた。スピーシィは卓越した魔術師ではあるが、戦闘を生業としているわけではない。であれば、気付くのが遅れるのは道理だろう。

人ならざる者の気配に――

『GAAAAAAAAAAAAA！！！』

それは四足の狼《おおかみ》のようだった。だが毛は無く、皮膚は剝き出《むだ》しで赤黒い筋肉が膨張し、頭部には禍々《まがまが》しい牙と一つの巨大な眼球がある。

生物の理《ことわり》から外れた者。人が生まれるより以前から、【奈落《アビス》】から這《は》い出《で》たという全ての生物の敵対者。忌むべき象徴。

「【魔獣】―――――」

「殲滅《せんめつ》せよ」

『GYAAAAAAAAAANNN!!?』

が、出現した瞬間、ガイガン率いる騎士達に瞬殺された。

クロすらも手を出す暇が一瞬も無かった。

「……さっすが名高き魔甲騎士団。鎧《よろい》無くたって頼もしいわね」

「あら、こんなに強かったのですね、おひげのおじさま達」

スピーシィすらも感嘆の声をあげる。それほどまでの瞬殺だった。

「こんな連中が地下にいることに気付きもしなかったなんて……!!」

「無能か俺達は!! 畜生!!」

「なんだてめえこの目玉!! 俺達を馬鹿にしやがって!!!」

「本人達は絶賛、自己嫌悪&八つ当たり中みたいですけど」

騎士達は憤懣《ふんまん》やるかたなしといった具合だったが、とはいえ本当に強い。先にクロと闘っていたとき、彼らは既に停滞の病に冒され、動きが鈍っていたのは本当のようだ。今はあのときとは比べものにならないくらいに速く、重く、高度な連携を成し遂げている。

頼もしいことだ。こうでなくてはならない、とクロは納得する。

国防の要である彼らは最強でなくてはならない。

自分のような〝まがいもの〟に食い下がられるようでは困るのだ。

「クロくんは活躍できなくて残念ですね」

「貴女が無事であること以上に大事なことはありませんよ。プリンセス」

「あらやだクロくんったら、口が上手《うま》いですね」

「貴女の前だけですよ、ええ本当に」

「あんたら漫才なら余所でやってくれない？」

ミーニャのツッコミを甘んじて受け入れる。実際巫山戯ている場合ではない。

魔獣などものともしない最強の騎士が味方であることは頼もしい。

だが問題は、この地下に魔獣が出現したことである。

「計五体……見張りか？」

「王都全体には魔獣避《よ》けの結界が張られています。侵入はありえない」

「なら、コイツらはどこから？」

「外からの侵入ではないのなら……」

騎士達が前方を見る。スピーシィ達の視線もそちらに集まる。

先に進むごとに深まっていた湿度が更に色濃くなる。生々しい、生物の内臓の中のような肉壁が脈動している。血管が浮き出て、蠢《うごめ》いている。

もはや、ここが王都の地下通路とは誰も思っていなかった。

ここは魔境だ。

そしてその先は、

「扉だ……」

扉があった。脈動する肉片に飲み込まれそうになっている金属製の扉が。

「……ここは王城と塔のちょうど間くらいです」

「王都の中心地ですね」

ここだ。と、誰もが思った。ここが全ての中心、王都の厄災、停滞の病の発生源だと。

全員、抜剣状態を解かなかった。先頭を行く騎士達が慎重に扉に手をかける。ほんの少しだけ扉を動かす。途端、内部で溜《た》め込《こ》まれていた空気が一気に流れ出してきた。異臭が鼻を突き、全員が不快感で顔を顰めた。進みたくないと、誰もがそう思った。


本能が告げていた。

この先には決して行くべきではないと。


だが、この期に及んで怖じ気づいて逃げ出す者は、この場には一人もいなかった。

「開けます」

「総員戦闘準備、突入する」

ガイガンの言葉と共に扉は開け放たれ、全員が中に突入した。

◆◆◆

なんとなく、スピーシィには予感があった。
自分だけでなく、その場にいる全員がなんとなく感じ取っていただろう。
ここまでの調査、推測で導き出された結論、この国を蝕《むしば》んでいた病魔とその原因。
「――――やあ、スピーシィ。久しぶりだね」
現国王、ローフェン・クラン・グラストール。
全員が予感していたとおり、この悍《おぞ》ましい因果の中心地に、彼が待ち構えていた。

七章　魔と剣と姫君と

EPISODE 7

扉の中の部屋は、広く、道中の不気味さを遥《はる》かに超えた歪《いびつ》なる空間だった。

生物の腹の中、と通路の異様さをミーニャが評したが、通路の異常などこの場所と比べれば遥かにマシだった。

壁も地面も赤黒い肉で埋め尽くされている。そう見えるのではない。時折蠢《うごめ》き、脈動し、足下から生々しい熱が伝わる。まさしく生物の体内、臓器の中そのものだ。

空気も生暖かく、甘く腐敗し爛《ただ》れたような異臭がする。あまりにも匂いが濃すぎて、うっかり吸いすぎるとむせてしまいそうだった。

ミーニャを護《まも》る騎士達が、彼女をより強固に護ろうと姿勢を低くしている。普段は王都の外で、魔獣達と戦っている彼らにとっても、この空間は異常なのだろう。

「おや、君達は魔甲騎士団か？　なぜ鎧《よろい》を脱いでるんだい？　アレはグラストール王国の叡智《えいち》の結晶だ。任務中はできる限り装着しておいて欲しいんだけどな……」

そして、そんな空間の中心に自分が仕えるべき王、ローフェン・クラン・グラストールがいるのは悪夢そのものと言って差し支えないだろう。

「そしてスピーシィ……君がまさか王都に戻ってくるとは思いもしなかったよ……しかも、こ、こんな災いを引き起こすだなんて」

なにやらブツブツと早口で舌を回すローフェン王は年齢よりも若く見えた。若々しく、叡智に溢《あふ》れた魔術王。市井《しせい》の民達にも人気の賢王。彼の華やかさは健在だった。

しかし、この地の底の悍《おぞ》ましい空間の中心にあっても尚《なお》、その華やかさに変わりなく、気味が悪かった。

「さあ、騎士達よ。早く彼女を捕らえてくれ！」

王は魔甲騎士団に命じる。魔甲騎士団は国と騎士の間に結ばれた血の契約《サイン》に基づいて、王の命令には従わなければならない――――が、

「……それは、なぜでしょう。王」

だが、さすがに彼らとて、この異様な状況を前にして盲目に思考を停止させて命令に従うほどに愚かではない。誰も王の命令では動かなかった。異様な空間で、彼の命令だけが空《むな》しく響いた。

ガイガンは王に命令の理由を問うた。彼の表情には明らかな不審。

「勿論《もちろん》、彼女が全ての元凶だからさ!!」

だがガイガンのそんな疑念を無視して、ローフェン王は堂々と断言する。普通なら、ガイガン達がここにいる意味に、スピーシィと共にいる理由に、思考を回さないはずがない。

だが彼はまるで、それに気付いていないかのように振る舞っている。

その場にいる全員が、王のその振る舞いに狂気を感じていた。

「……王よ。どうしてしまわれたのですか」

「うん？　うん？　君は――――」

「ミーニャ・ホロ・バレンタインですわ。お久しぶりでございます」

一瞬呆《ほう》けていたが、名前を聞いてローフェン王は「ああ！」と頷《うなず》いた。

「ああ、ああ、うん、うん。久しぶりだね。勿論、勿論！」

そしてしどろもどろに頷きを繰り返す。

やはり、どう見たって様子がおかしい。ミーニャは警戒した態度で言葉を続けた。

「王都の窮地と危機、バレンタイン領から急ぎ参上いたしました。しかし、王よ。いったいこれはどういう状況なのです？」

「どういう……って？」

すっとぼけている、のとはまた違う。言ってることが分からない、といった態度だ。

ミーニャは恐怖を覚えた。

彼女も貴族としての立場上ローフェン王とは顔を合わせることはある。スピーシィの件もあったため、親密な会話をすることはなかったが、彼が喋《しゃべ》っているところは何度も見ている。

婚約者として定められていたスピーシィを棄《す》てた男という事実から、彼女はローフェンに対して良い感情を持っていない。

だがしかし、そういった色眼鏡《いろめがね》を抜きにすれば、彼はそこまで壊滅的な人格であるようには思えなかった。

スピーシィを棄てたのも、あくまでも国が乱れるのを止めるためで、必要だったからだと、彼はそういう態度だった。為政者として特に壊れた様子は見えなかった。

今日、彼のこんな様を見るまでは。

「……まず、お尋ねしたいのですが、この部屋はなんですか？」

「うん。ここは私の研究室だよ？　それが？」

「けん……」

ミーニャは言葉を失う。言うまでもなく、不気味で生々しい肉壁で覆い尽くされたような悍ましい空間が、魔術師の職場として当然なわけがない。いかに特殊な儀式《サイン》が施された部屋であっても、ここまで醜悪になるわけがない。

「停滞の病、その原因を究明するための場所さ！　この国の存亡は私の肩にかかってる！　そのためにこの部屋が必要だったんだ！」

爛々《らんらん》と目を輝かせて、高らかに王は宣言する。

気色が悪かった。今日まで彼女が知っていた王の姿と、今の彼の姿はあまりにも一致していた。彼のその言動は変わらずグラストールの魔術王の姿そのもので、こんな状況でも何一つ変わらないのが気持ち悪かった。

「さああ！　彼女を捕らえてくれ！　そしてこの場所から出て行って欲しい！　もう少し！　もう少しで全てが明らかになるんだ‼　さあ――――」

「――この茶番、いつまで続けるんです？」

そして、そんな彼の態度に気圧《けお》されていた全員を差し置いて、スピーシィがなんでもないように尋ねた。

「こんな、良い格好しいに付き合って、何の意味があるんです？」

全員、スピーシィの言葉が一瞬理解できなかった。だが、スピーシィは繰り返した。

「ですから、良い格好しいですよ。あの人に興味なくて知らなかったんですが、神魔の塔の光景と当人の言動でようやく腑《ふ》に落ちました」

王はスピーシィの指摘に反論しない。というよりも反応が無かった。ピタリと停止している。

「自分の良いところだけを他人に見せようとする人。自分の失敗は隠して、誤魔化してしまう人」

笑顔で固まっていた王の表情が動き、顔の筋肉がピクピクと痙攣《けいれん》する。

「だけど、その虚栄のツケは自分では払わない。その、〝極み〟ですね――」

次の瞬間だった。

スピーシィに向かって肉壁が蠢いた。緋色《ひいろ》の蛇、あるいは巨大なミミズのような生物が蠢きながら突進する。真っ先に反応した魔甲騎士団達も、そのあまりの勢いに剣も弾《はじ》かれる。そのまま止まらず、スピーシィを食い千切らんと牙を鈍く光らせ――

「――【影纏《シェーダ・ロウラ》】……!!」

クロが彼女の前に盾となるように飛び出し、魔剣を起動させた。剣が放つ闇が、奇っ怪なる生物の突撃を弾くと同時、クロの小柄な身体《からだ》も吹っ飛び、スピーシィのすぐ傍《そば》に叩《たた》きつけられた。

「本当、真面目ですね。クロくん」

スピーシィは一瞥《いちべつ》もしないまま、溜息《ためいき》をついて指を鳴らした。途端、地面に倒れ込んだクロの身体が光に包まれる。スピーシィの視線はずっと、華やかな笑みが崩れ、引きつり痙攣した顔で口端から泡を吹き出したローフェン王に向けられていた。

「ああ、ああ、ああ……!!　本当に、君って、嫌いだよ。僕、僕は……!!」

先程までの声音とはまったく違う、震えるような声だった。怒りと、憎悪と、嫉妬に満ちていた。

しかし、先程までの言動と比べれば、まだ異質さは無かった。

この醜悪な空間に相応《ふさわ》しい、狂乱っぷりだった。

「せっかく僕が、僕、僕が、救ってあげたのに！　ただ古くさいだけだったこの国を盛り立ててあげたのに!!　僕が!!　なのにどうして邪魔ばかりするんだ!!」

そして同時に、王の背後で何かが蠢く。激しい地響きと共に、巨大な何かが近付いてくる。騎士達は身がまえ、そして徐々に近付いてくるソレが、想像より遥かに巨大であることに気がついた。

「これは……!?」

大きさにして十メートル超。獣のような毛むくじゃらの蹄《ひづめ》がついた両足が地面を踏み抜き、先程クロに弾き飛ばされた巨大ミミズの胴体を潰した。異様に長い六本の腕が壁や柱を引《ひ》っ摑《つか》み、長い爪を食い込ませる。

頭部は長く禍々《まがまが》しい角の伸びた羊の頭で、瞳が六つ、呼気は生暖かく遠くまで届いた。胴体には巨大な乳房が六つ付いている。得体の知れない甘い匂いが脳を揺らした。

『啞啞啞啞啞啞啞啞啞啞啞啞啞啞啞啞啞啞啞啞啞啞――――』

臓腑《ぞうふ》が震える。あまりに悍ましい生物。人の世に存在してはならない、異形。その存在を指して、騎士の一人が叫んだ。

「【悪魔】だ！！！」

【奈落《アビス》】の底に住まう、あらゆる生物の敵対種。悪魔が姿を現した。

◆◆◆

悪魔がどのようにしてこの世界に出現したのかを知る者はほとんどいない。

人類がこの世界に生まれ出たときよりも遥かに前から存在していたという話もあれば、異次元の狭間《はざま》から現れた、この世界の生物とは別の理《ことわり》を生きる者達だという話もある。あるいは、かつて光の神々に封じられた邪悪なる神々であるという話もある。

どの説も、結局その真偽は定かではない。ハッキリとしているのは、奈落《アビス》の底から現れるということ。

【魔獣】を生み出す元凶であるということ。

人知を超えた恐るべき魔術の使い手であるということ。

しかし世に実体化することはできずに、狭間の世界で漂っているということ。

故に、その技術を餌に様々な人間に取引を持ちかけ、表に出ようとすること。

そしてその果てに、取り返しの付かない破滅をもたらす人類の敵対者であるということ。

分かっているのはこれくらいだ。つまり、

『唖唖唖唖唖唖唖唖唖唖唖唖唖唖唖唖唖唖唖唖唖唖唖唖──────!!!』


絶対に、王都に、こんなばしょ《こんなばしょ》いていい存在ではないということだ。

「まさか、まさか悪魔と契約《サイン》を結んだのか!?」

「なんてことを……!!　なんてものを招いてしまわれたのですか!!」

騎士達や、ガイガンは引きつった声でローフェン王を非難した。相手が王でなければ、もっと直接的な言葉を彼らは使っただろう。

「何してくれたんだこの馬鹿野郎」と。

人知を遥かに超える魔術の知識と人類種全体への悪意を持ったバケモノなど、対処を誤れば国一つくらいは当然のように滅びる。発見されれば速やかに人類の生存圏の外側で堰《せ》き止《と》め、場合によってはその周辺の村々すら焼き払うような事態になるのが悪魔という存在だ。

それを、そんな爆弾を、よりにもよって国の中心に招くなど狂気の沙汰にも程がある。

「僕に指図するなぁ！！！」

だが、ガイガン達のその非難が気に入らなかったのだろうか、ローフェン王は怒りに満ちた表情で叫んだ。先程までの悠然とした態度が剝《は》げ落《お》ちて、余裕の無さからくる焦りと怒りの感情が彼を支配していた。ある意味、場にそぐわない歪さは解消されていた。

この悍ましい空間に相応《ふさわ》しい、狂乱っぷりだ。

勿論、それが良いことなどとはまったく思えなかったが。

「王よ！　貴方《あなた》は悪魔と契約《サイン》して【神魔の塔】を完成させたのですか！！！」

「〝彼女〟はこの国の繁栄をもたらす存在だ！！！　必要なことだったんだ!!」

ガイガンの追及に王は自供する。取り繕う余裕も無いのなら、嘘《うそ》ではないだろう。だが、嘘であって欲しかった。

「おかしいとは思ったんですよね」

そしてスピーシィが、そんな彼の狂乱ぶりを見ながら囁《ささや》く。さすがに彼女も微笑《ほほえ》むことはなかった。淡々と目の前の事象を観察するような瞳で、醜悪なる異形を見つめていた。

「魔素《マナ》を魔力に変えるのは、生物にしかできないこと。それを無機物の塔にて代行するなんて、実現されることのない技術だった。二十年前の机上の空論をどう成し遂げたのかは興味がありました、ですが――」

そう言って彼女は、生物の臓腑の内部のような壁面に躊躇《ちゅうちょ》なく触れ、この上なく呆《あき》れた声で言った。

「なんてことはない、生物に代行させたのですね」

彼女の言わんとすることは、ガイガンにも理解できた。理解せざるを得なかった。この空間は、先程の神魔の塔のように、それらしい演出というわけではない。ならばここは、この場所の意味は――

「悪魔に、魔力を創らせていたと……!?」

生き物しか魔力を造れないなら、生き物に魔力を生み出させればよい。単純な答えだった。できることならば、あって欲しくない答えでもあったのだが。

「正確には、塔そのものを魔獣化して魔力を創らせたんでしょうね。勿論、人間の知恵でできることではありませんよ、こんなの」

「神魔の塔の正体が、コレか……！！」

王徒に住まう者なら誰もが神魔の塔を見、語るとき、感謝と誇らしさを込める。自分達の繁栄をもたらしてくれた偉大なる存在に対する敬意だ。それがまさか、こんなにも悍ましい成り立ちをしていたなどと、誰も思いもしないだろう。

「謎だった魔力の消費先も理解できましたね。契約《サイン》して、力を付けた悪魔が徐々にコントロールできなくなってきたってオチでしょうね」

「制御はできている！！！！！」

淡々としたスピーシィの指摘をローフェン王は必死に否定する。スピーシィは決して言葉を止めることはしなかった。

「できてませんよ。悪魔なんて、私にだってコントロールできません。そんなことができる人類はいません」

そして彼女がそう言った瞬間、ピタリと王は狂乱を止めた。そして、再び顔の筋肉をヒクヒクと痙攣させ——

「——良いことを聞いた」

嗤《わら》った。あまりに歪な笑みだった。ガイガンは自分の主《あるじ》として仰ぐべき男が、完全に壊れてしまったことを遂《つい》に認めざるを得なかった。

「そうか、そうか！　君も悪魔には敵《かな》わないんだな!!　やった!!　やったぞ!!」

「そうですね。私は天才ですけど、人類の中で天才なだけです」

子供のようにピョンピョンと跳ね回りながら、王は狂喜する。「いい年して元気ですね」と呆れるスピーシィや、それ以外の者達の、狂人を見るような視線など、気にしている様子はなかった。

「アハハハハハ！！！　じゃあ君は僕に敵わないということだ！！！　さあ、あの愚かな女を叩き潰してくれ■■■・■■!!　どんな手段でも構わない！」

そして、ガイガン達にはまったく聞き取れない言葉を告げた瞬間、王の背後に控えていた悪魔が

動き出した。ガイガン達は構えていた剣を握り直す。

悪魔相手にどこまでやれるかは分からない。しかし最低限、スピーシィとミーニャの二人はここから脱出させなければ――

「ああ、馬鹿ですね」

「――――え？」

しかし、ガイガンが決意を固めるよりも早く、スピーシィが憐《あわ》れみに満ちた声を漏らし、ローフェン王は呆けた声をあげた。同時に悪魔が屈《かが》み、獣の顔をぐしゃりと歪《ゆが》めた。

『啞――――』

その大きな口の両端をつりあげ、六つもある眼《め》をにんまりと歪めて、嗤った。その嘲りは、他の誰でもない、ローフェン王一人に向けられていた。そして六つある手で、ローフェン王を摑んだ。

「ぎ!?」

ぐちゃり、と肉が潰れる音がした。無数の手の平でローフェン王の身体は隠れて見えなくなっていたが、明らかに人体がそうなってはならない形に歪んでいる。なのに、血は流れていない。血を流さず、物体として破壊されていく。

「お、おおおお!!」

「王を救え！！！　魔術用意!!」

あまりの衝撃的な光景に一瞬停止していた騎士達が動き出す。

どれだけ狂乱していようとも、自分達の王が悍ましい悪魔によって文字どおり破壊される姿を、黙って眺めているわけにはいかなかった。が――

「な、に!?」

振り下ろした剣は悪魔の腕を切り裂くことは叶わなかった。剣は腕に食い込むと、血を一滴も流すことなくずぶずぶと沈み、そのまま飲み込んでしまった。引き抜くこともできない。

魔術も同じだ。頭部や眼球を狙った魔術は、水滴に石を投げ込むように悪魔の頭部に波紋を作るだけで、そのまま悪魔の身体に飲み込まれて消えた。何の損傷も与えることはできなかった。

『啞』

一方で、悪魔はこちらに干渉する。情け容赦なく。周囲の肉壁がうごめく。それが刃《やいば》のように鋭くなって、一斉に騎士達に襲いかかった。

「があっ!?」

「なあっ――どうなってる!?」

魔甲騎士団の騎士達は間違いなく一流の騎士だ。しかしいくら彼らが実力ある騎士であろうとも、壁や地面、天井ありとあらゆる方向から襲いかかってくる殺意に対応するのは困難極まった。

追い詰められるのはあっという間だった。まるで手の平に乗った虫を握り潰すかのように、周囲の壁が瞬く間に迫り、ガイガン達は押しつぶされそうになった。

「【手足引っ込め身を守れ】」

その中心でスピーシィが素早く結界を展開しなければ、そうなっていた。

「スピーシィ様!」

「手伝ってください」

「つ!　全員、彼女の結界を強化しろ!!」

スピーシィからの援護要請にガイガンは即座に応じた。彼女の性格的に、周りに安易に助けを求めるようなタイプではない。その彼女が即座に助けを求めるということは、そういうことだ。

「つぐ！」

「ふんばれ!!　耐えないと殺されるぞ!!」

スピーシィが張り巡らせた光の結界に次々に肉のトゲが突き刺さる。結界がひび割れ、その度に周囲の騎士達が修繕していくが、次々と壊れていく。まだ防げているだけ上等だが、いつまで保《も》つか分からなかった。

「悪魔相手に、魔術は通じませんからね」

スピーシィが小さく囁く。ガイガン達も必死に彼女を補助するが、このままでは悪魔に接近することもできない。

『啞』

その間にも悪魔はぐしゃぐしゃに丸めたロ､､ーフェ､､ン王､､だっ､､たも､､の､､を口に啣《くわ》えて、そのまま飲み込んでしまった。目の前で何もできず、自分が守らねばならない主が悪魔に奪われるのを見ていることしかできなかった無力感に、ガイガンは歯を食いしばる。

『啞啞、啞啞啞啞啞……！』

だが、その無力感を味わう暇も無く、状況は更に動く。悪魔はその身を震わせ、大きく膨張を開始したのだ。周囲の肉壁と同化し、瞬く間に大きくなっていく。

「スピーシィ！　あの悪魔何をおっぱじめてるの!?」

「この世界では本来干渉できないはずの悪魔が、契約者の〝何をしても構わない〟という言葉を引き出したことで動き始めましたね」

「それって、どうなるの!?」

「私を叩き潰すという大義名分の下、あらゆる手段を取るでしょう。本当にどれだけの所業をしようとも、叩き潰すという結果さえ引き出せれば、契約成立ですからね」

「最悪すぎない!?」

本当に最悪だった。ガイガンも余裕があればミーニャと同じように悪態をついていただろう。

「しかもバイパスとなる〝契約者〟と、塔という〝肉の鎧〟を手に入れてしまった」

「……つまり」

「悪魔が、地上に顕現します」

彼女が告げるや否《いな》や、塔の震動が更に激しさを増し、地面そのものが隆起した。天井からは構造物と肉片の入り交じった物体が次々と落ちてくる。これまでと比にならない勢いで、津波のように肉が迫る。スピーシィの結界が更に崩壊する。

もう耐えられない。そう思った。しかし、

「【影纏《シェーダ・ロウラ》】」

直後、背後から影の獣が飛び出して、迫る肉の津波を塞ぐ壁のようにしてその力を解き放った。黒い獣から放たれる〝影〟は、ガイガン達の攻撃がまるで通じなかった悪魔を退けていた。まるで、その力を恐れるように。

「クロくん」

スピーシィがその影の獣へと声をかける。すると、獣の頭を覆う影がわずかに避《よ》けて、クロ少年の顔がのぞき見えた。その表情は何かに耐えるように強張《こわば》っていたが、スピーシィに視線を向け、小さく頭を下げた。

『申し訳……ないです。スピーシィ様、貴女《あなた》との契約《サイン》、果たせないようです』

「契約《サイン》不履行好きじゃないんですけど、私」

スピーシィが目を細め愚痴を告げると、クロは微笑んだ。

『本当にすみません。ですが』

徐々に肉壁が、自身を押さえ込んでいるクロへと迫る。クロ少年そのものを飲み込もうとしているのが分かった。それを承知の上で、

『仮初《かりそ》めの騎士として、せめて貴女は守ります』

そう言って彼は自分の魔剣を構えると、スピーシィが展開していた結界の中心へと投げた。剣が突き刺さった瞬間、クロ少年が纏《まと》ったものと同じ影が溢れ、結界の内側を包み込む。

「【剣よ、主の元へと還《かえ》れ】」

そして次の瞬間視界は闇に覆われ、潰れて消えた。しかしその闇の内側にクロ少年の姿は無かった。

◆◆◆

【停滞の病】という恐るべき奇病によって滅亡の危機に瀕《ひん》したグラストールの民達のほとんどは、自分の家の中に篭《こ》もりきりになっていた。どのような理屈で病に感染するのかも分からない彼らに

とって、不必要に外に出るのは恐怖でしかなかった。

それもただの病ではない。死人のように動けなくなって、二度とは起き上がれなくなるなんていう、悪夢のような病だ。

間違ってもかかりたくない。そんな恐怖が国民を揃《そろ》って引きこもりにした。

だから彼らができるのは、家の中から窓の外を覗《のぞ》き見《み》て祈るばかりだった。

どうかこの恐ろしい災禍が一刻も早く過ぎ去りますように、と祈った。

自然と、彼らの祈る先は既にこの地から去ってしまった神々へではなく、王都の中心に存在している【神魔の塔】へと向かった。

どこからでも見つけられる、神々しく見える叡智の塔。

自分達に繁栄と豊かさをもたらしてくれた美しい塔に、自然に祈りを捧《ささ》げていた。

だから、王都の民の多くは、ソレを目撃した。


『　　　　唖　　　　』


塔が崩れる。

美しかった真っ白な塔が、突如としてひび割れ、砕け散っていく。なにが起きたのかも理解できず、ざわめきと悲鳴の声が彼方此方《あちこち》から響く中、ソレが姿を現した。

赤黒い肉と、禍々しい六ツ眼。崩れた地下から出現したのは、あまりにも大きく、恐ろしく、禍々しい巨人の姿だ。

『唖唖唖唖唖唖唖唖唖唖唖唖唖唖唖唖唖唖唖唖唖唖唖唖唖唖唖唖唖!!!!』

まるでグラストール王国の終焉《しゅうえん》を告げるような災厄が、姿を現した。

既に病の蔓延《まんえん》によって疲れ果てていた王都の民は、絶望と諦めと共にそれを見上げるのだった。

◆◆◆

真っ黒な闇の中に包まれると同時に激しい振動に襲われて、ミーニャはスピーシィを守るように抱えながら、このまま自分は死ぬのだと思った。

ああ、結局この悪友に巻き込まれて死ぬのか私は。

とか、
まだ仕事残ってるのにバレンタイン商店は大丈夫かしら。

とか、
夫と息子達ともっとたくさん話をしておけばよかった。

とか。

そういったことをグルグルと考え続けていた。考えていたのだが、思ったより長いこと、その時間が続くことに気がついた。しかも不意に地面へと倒れ込んでいた。落下して、体が潰れるようなこともなかった。

怖くて目を瞑《つぶ》っていたのだが、開いてみる。すると、

「……ここは」

景色が変わっていた。

地下深くの、生々しい肉壁に覆われた空間ではない。それどころか建物の中ですらない。神魔の塔ができる前は、ランドマークになっていた王都内の時計塔の屋上に、いつの間にかスピーシィと共に座り込んでいた。

「こ、ここは……」

「全員、無事か……？　いや……」

ガイガン達も一緒に移動してきたらしい。一瞬にして地下から地上へと、この大人数で移動してきたのだ。もしや幻覚の類いなのではと疑って頰《ほお》をつねってみたが痛みがあった。幻覚ではないらしい。

「【転移――術】？　でも、そんなの」

遠くから遠くへと移動するとてつもなく高度な魔術、【転移術】は実在こそするが、決して容易に使えるものではない。しかしこんな瞬間的な移動、それ以外ありえない。

そして、そのとんでもない魔術を自分達に施したのは――

「むー、うむむー！」

「あら、ごめんなさい」

見ると、思いっきり抱きしめすぎて顔が完全に塞がってスピーシィがジタバタし始めていた。手を離すと、スピーシィは顔を真っ赤にさせて呼吸を繰り返して溜息をついた。

「ぷは、死ぬかと思ったー……」

「無事で何より、って言いたいけど……」

「……ええ、まあ分かってますよ」

周囲を見渡しても、自分達をこの場所へと移動させた張本人であろうクロ少年の姿は無かった。代わりにあるのは、スピーシィのすぐ傍に転がっている彼の使用していた〝黒い魔剣〟のみである。しかし今は、彼が使っていたときのような力は失われているように見える。

「物騒な退職届ですねえ……」

スピーシィはその剣を手に取って、やれやれというように手の平をかざして、まるで手品のようにどこかへと収納した。そして、

「クロくんが私達を〝あなた達のところへと運んだ〟、ってことで良いですかね？」

そう言って振り返る。スピーシィの視線を追うようにミーニャも振り返り、そしてそこでようやく自分達が無数の人影に囲まれていることに気がついた。

「っ……」

「――――……」

年齢も性別もバラバラの集団だ。しかし彼らは全員、クロ少年のものと同じ騎士鎧を身に纏い、彼と同じ黒色の髪色をしていた。彼らはつまり、

「影の騎士団の皆さん、ですね」

スピーシィが確認すると、一人が前に進み出た。彼らの中で最も背丈のあるその男は、スピーシィの前で頭を下げる。

「ご無事で何よりです。スピーシィ様」

「クロくんに助けてもらいました。結果として彼は悪魔に飲み込まれましたけど」

端的にスピーシィは仲間が生死不明であるということを伝えても、彼らに大きな反応は無かった。冷酷にすら感じるほど淡々と、彼はそのまま言葉を続ける。

「状況が切迫しているのは把握していますが、こちらの説明は必要ですか？」

「クロくんと貴方達のことはおおよそ察してるのでいいです。それどころじゃないですし」

そう言ってスピーシィは時計塔の柵から外を眺める。視線の先は、神魔の塔の方角だ。正確には、神魔の塔が〝あった〟方向だ。

現在、彼女の視線の先にあの美しい真っ白な塔は存在しない。代わりに存在するのは、

『啞啞啞啞啞啞啞啞啞啞啞啞啞啞啞啞啞啞啞啞啞啞啞啞啞！！！！』

赤黒く、禍々しい、肉塊のような悪魔の姿だ。

「あーあーあー大変」

スピーシィのやや軽い言葉でもまったく誤魔化《ごまか》しの利かない大惨事だった。よりにもよって王都の、それも中心も中心に、絶対に招いてはならない悪魔が出現してしまった。停滞の病によって表に出ている人間が少ないことを不幸中の幸いと言うのは皮肉が過ぎるだろう。その病の原因があの悪魔なのだから。

悪魔はまだ動かない。だが、もし不意にあの巨大な六つの腕を振り回せば、それだけで即座に惨事が起こる。周囲の建物の中が全て無人などという奇跡はありえないだろう。

もはや、猶予は無い。すると、その光景を一緒に眺めていたガイガンが深く息を吐き出すと、そのままスピーシィの方へと跪《ひざまず》いた。

「スピーシィ様。ここまでのご助力、本当にありがとうございました」

そして彼の部下達も同じように跪いた。スピーシィを見上げる彼らの表情には強い覚悟があった。

「これからどうするんです？」

「アレを止めます。我が国の不始末です」

無論、言うまでもなく肉体が顕現した悪魔はまともにやりあえるものではない。しかも話を聞く限り、アレは十数年間この国に魔力を供給する傍《かたわ》ら、その余剰を自分の力に変えてきた。まぎれもない怪物だろう。

彼らとて、それは分かっているはずだ。しかし、その決意は揺らぐように見えなかった。

「あのボンクラ王のやらかしですよ？」

「王の道を正せなかったのは騎士の過ちです。もっと出世に積極的になるべきでした」

スピーシィの指摘に対して、ガイガンは少し恥じ入るように笑った。

本当にどこまでも真面目な男だ。彼は部下達に目配せし、そして最後に小さく微笑み頭を下げた。

「それでは失礼し――」

そう言って、背を向け悪魔のもとへと駆けだ――そうとした瞬間、突然、彼の周囲に光の鎖が出現し、彼ら全員を一人残らず拘束した。

「ぐえ!?」

「本当にガイガンさんは真面目ですね。少し好きになりました」

なにが起きたかといえば、勿論スピーシィの魔術だ。

彼女は普段浮かべている相手を嘲弄するような笑みとは違う、子供のように少しだけ楽しそうな笑みを浮かべ、騎士全員を拘束した。

「う、動けないのですが」

「無駄死にとは言わないですけど、まだ少しだけ猶予がありますのでお待ちくださいな」

「猶予？」

と、言ってる間に王都の中央で暴れる悪魔に変化が起こった。突如、何か戸惑うようにうろうろと周囲を見渡し、目に見えない羽虫でも払うような動作をする。何が起きているのか最初はミーニャ達には分からなかったが――

「……あれ、は？」

次第に悪魔の動きを阻害している〝モノ〟が実体化し始めた。ガイガン達を縛っているモノと同じ半透明の鎖が、悪魔の身体を拘束していると気がついた。

「アレとお喋りしている間に少し仕込みました。時間稼ぎですが」

「あんたホント出鱈目《でたらめ》ね……」

「私だって、実体化した悪魔に正面から魔術をかけるのは難しいですよ。ですが、さっきまで私達、アレの体内にいたわけですからね」

悪魔がどれだけ異常な存在で、この世の理から外れていようとも、肉体を手に入れた以上それは生物だ。臓器の内側から攻撃を仕掛けられて、抵抗できる生物はなかなかいない。

「多重の行動呪縛をかけました。一時間は動けません」

「……！　助かります！　今の間に住民の避難を進めます!!」

「悪魔周辺の住民は一キロくらいまで全員どっかやっといてくださいね。そーれーと」

と、スピーシィは振り返り、影の騎士団達に視線を移した。騎士達はじっと、スピーシィが話しかけてくるのを待っていたかのようだった。

「こういう状況ですから、もちろん案内してくれますよね。〝彼女のところ〟」

◆◆◆

グラストール王国には賢妃がいる。

現国王の心を射止めた美しき妃《きさき》。

プリシア・クラン・グラストール。


しかし、元々彼女の実家であるフィレンス家は、決して表舞台に立つ家ではなかった。

そもそもフィレンス家は、戦いによって身を立てた家だったからだ。代々、強い騎士を輩出してきた武門であり、王家の剣、そして盾として成り上がってきた。

そんなフィレンス家の長女であるプリシアが、何故《なにゆえ》に王妃となったのか。

そもそもなぜに彼女が王妃の座を当時の婚約者であるスピーシィから簒奪しなければならなかったのか？

理由はあった。実に明確な理由が。それは――――

「貴女誰ですか？　興味無いのでどっか行っててください」

第一王子の婚約者のスピーシィが、どうしようもなかったからだ。

病から回復し復学してからも交流会に一向に姿を見せない彼女に、なんとか挨拶をしようとした
プリシアの前に現れたのは、酷《ひど》い格好の女だった。

容姿が醜いだとか、大きな傷や火傷《やけど》の痕があるだとか、そういった問題ではない。洗っていない
のか髪はボサボサで、肌は荒れ放題。服はヨレヨレな上、魔法薬かなにかの異臭まで漂っている。

これは、これは貴族ではない。というか女ですらない。

自分とて、それほど自分の容姿磨きに頓着があるわけではない。同年代の少女達のように、やれ
化粧水がどうだとか、やれ紅の色の流行がどうだとか、そんなものハッキリ言って煩わしいとすら
思っていた。

いたのだが、これは限度がある。

「――――っわ、私はプリシア・レエラ・フィレンスと申します。お初にお目にかかります。スピー
シィ・メイレ・クロスハート様」

「はあ、そうですか。さようなら」

そう言ってスピーシィは名乗りもせず、背を向けて自分の部屋に戻っていった。

マジかこの女。と声を出さなかっただけ、プリシアは辛抱強かった。

だが、割と本気でプリシアは目の前の現実に絶望していた。

アレが？　アレがこの国の王妃になるのか？

なぜあんな誰からどう見ても社会不適合者のような有様を誰も修正していない!?

婚約者の第一王子とグラストール王家はこのことを理解してるのか？

スピーシィとクロスハート家の状況を調査し、結果、幾つかのことが判明した。

スピーシィが幼少時代に非常に厄介な呪いに近い病にかかり、ほとんど外部接触を断った状態で寝たきりだったこと。彼女の身内は呪いの伝染を恐れたため、もはや幽閉に近い形で放置されていたということ。そのまま死ぬことを望まれていたということ。

そんな状態で一人で魔術の研究に没頭し、驚くべきことに、その呪いにも似た病を自力で克服したこと。

その結果、王家もクロスハート家も誰も彼も、彼女を持て余してしまったということ。そして彼女自身、病に冒されそれを家族に放置されたことで他人にほとんど興味を持てなくなってしまったということ。

病という不幸な事故と、彼女の天性の才能と、それを許した環境。

幾つかの条件が重なった結果、あのモンスターが生まれてしまった。ということらしい。

が、それを理解したプリシアは更に腹が立った。彼女が不運だったのは間違いない。彼女が厄介な存在なのもそうだろう。それを意図せず生み出してしまったクロスハート家も、クロスハートとの関係が拗《こじ》れることを恐れた王家の心情も理解できなくもない。

――だからって誰も彼も二の足を踏んで、事態解決を誰かに任せようとしているのはいったいどういう有様なのだ!?

グラストール王国が斜陽を迎えている理由の一端を垣間見《かいまみ》た気がした。

長い歴史の中で関係性が拗れに拗れ、誰も彼も人任せになって積極性に欠く。声をあげて問題を指摘すればその責任を負わされる。結果、声はどんどんと小さくなる。周囲を窺《うかが》う者ばかりだ。

だからといって、あの社会不適合者と、それをヘラヘラと笑いながら仕方ないと受け入れている王子に任せていては、傾きかけているこの国が本当に倒れる！！

プリシアを突き動かしたのは、この国の未来に対する危機感だった。

彼女は動いた。最初はスピーシィの状態改善も考えたが、そもそも彼女とは接触する機会が無い。唯一いる友人も、彼女の改善は困難だと嘆いている状態だ。

やむなく、彼女が座っている婚約者の席から蹴落とす方向にシフトした。

幸いにして、フィレンス家は相応の地位を持っている。これまで積み上げてきた武勲は相当のものだ。積極的に政治に関わろうとしなかっただけで、スピーシィに成り代わるだけの大義もある。

そして好都合なことに——不愉快なことに——そうした暗躍に動き出したプリシアに対して、好意的な反応を示す者が多かった。

誰も彼も、スピーシィのことは問題視していながら、彼女に関わることで発生する厄介事を避けていた。面倒だと、やるべきことをやらない者達が、プリシアという神輿《みこし》を発見して喜んでいたのだ。

なんたる怠慢。なんたる怠惰か。

そう思いながらもプリシアは彼ら彼女らを利用した。

無論、協力的ではない者もいた。そういった者達もプリシアは見事に懐柔した。

行動に起こすまで気付くこともなかったが、彼女にはそういったセンスがあった。

容姿も磨けば磨くほど輝いた。

会話も、相手の隙をついて的確に入り込む技術を要領よく吸収していった。

会話も、、、また、戦、、いだ。そう理解してからは早かった。

言葉を交わし、牽制《けんせい》し、隙を見計らい、急所へと言葉をぶつける。油断なく、隙を見せず、それを繰り返していけば勝利は手中に転がり込む。

こうして彼女は瞬く間に根回しを行い、終《しま》いにはクロスハート家と王家にも段取りを付けた。スピーシィという腫れ物をグラストール家から取り除く。無論、その結果として両者に傷が付かないように取り計らう。そう約束すると、喜んで彼らはプリシアを受け入れた。

これがスピーシィ追放騒動の経緯だ。プリシアはこうして王妃の座をもぎ取った。

悲劇の姫にして、魔女スピーシィに乗っ取られようとしていたこの国を救い出した賢姫、という仮面と冠を彼女は被った。

婚約後は王を立てつつ、裏で政治を支え、長い歴史の中で蔓延《はびこ》っていた腐敗と停滞に切り込んでいった。

幸か不幸か【神魔の塔】という追い風もあった。

プリシアは魔術については疎く、それ故にその仕組みまでは理解できなかったが、無尽蔵の魔力は倒れかけていたこの国を支えるに十分な力を有していた。

それを生み出した夫、ローフェンをこのときは見直したものだった。

――スピーシィを大事な婚約者だとうそぶきながら、問題無いと分かれば即座に切り捨てるような男だと思っていたが。人間少なくとも一つは才能を持っているらしい。

魔術に明るくない彼女にとって、魔術は唯一ローフェンに任せられる分野だった――――それが過ちであったということは後に判明するわけなのだが。

ともあれ、こうして彼女の王妃としての生活は順風満帆に進んでいった。

問題があったとするならば。

「グラスター家との進んでいた空白地の共同管理交渉ですが、見送ることになりました」

「理由はなんですか」

「より好条件を出したギルドに奪われました」

「……どこに？」

「【S】を名乗る通商ギルドが」

「――――また、あ、あ、あの女、で、す、か……!!」

追放したスピーシィが覚醒してしまったのである。

◆◆◆

スピーシィは【追放島ゼライド】の監視塔に追放した。

二度とグラストールには関われないような忌むべき土地で生きていく。その追放刑をプリシアが望んでいたかと言われれば、そうではない。どちらかというと、これを望んだのは彼女の実家であるクロスハート家であり、グラストール王家だ。

要は、厄介者の彼女を二度と表に出したくはなかったのだろう。

恐ろしい【奈落《アビス》】が無数に存在する、グラストール王国の忌むべき土地。罪人達だってここに流されるくらいなら奴隷として一生罪を償った方が良いと言う者も少なくない。そんな場所に彼女を追いやることに対して、良心が痛まなかったと言えば嘘になる。

別にプリシアはスピーシィに対して個人的な恨みや妬みなどは無かったのだから。

だが、国を護るために必要なことだった。

プリシアは言い訳しなかった。

自分は彼女を追放した。国を護るために無実の罪をなすり付けて、容赦なく追い出した。

最低限、死なないように塔の整備だけは行って、生きていくだけなら何とかなる程度の監視体制を用意した。後は塔の中で好きなだけ魔術の研究に明け暮れたらいい。と、プリシアはそう思っていた。

ところが、だ。

なぜか彼女は覚醒した。

覚醒である。監視塔の全状況を掌握すると、塔周辺の奈落《アビス》の封印に着手。成功を収め、島全体を実効支配し罪人達を配下に収めた。更にその実績でもって複数のギルドと交渉を行い、大量に空いているゼライドの土地に無数の魔草農園を開発。それを元手に商売を始め、恐ろしい勢いでこの国への影響力を高めた。

そしてその資金と影響力でもって、グラストール王家に嫌がらせという名のケンカをふっかけてくるようになったのだ。

いや、それだけできるのなら最初からそうしろ!?

なぜに何もかも手遅れになった後、政治力に覚醒するんだ!!　最初からそれができていれば、自分が王妃などという地位に就く必要性など無かったのに!!

と、キレ散らかしたかったが、そうもいかない。突如として始まった彼女の干渉に対して、プリシアは対抗することを余儀なくされた。自分の夫がのほほんと神魔の塔が生み出す莫大《ばくだい》な利益に鼻高々としている間に、プリシアはその裏でこの国の利益を蚕食《さんしょく》し、貪欲に影響力を高めつつあるスピーシィとの静かなる大戦争に明け暮れていた。

スピーシィが魔法薬の製造に手を伸ばせば、プリシアがその手を断ち切る。

プリシアが新たなる土地開発へと手を伸ばせば、スピーシィがその手を払いのける。

スピーシィが奈落《アビス》を封印すれば、即座にプリシアがそこに干渉を開始する。

プリシアが魔獣の駆除に成功すれば、いつの間にかスピーシィが魔獣の解体事業に手を付けている。

もはや殴り合ってるのか助け合ってるのか、足を引っ張り合ってるのか、高め合ってるのかも分からないような状況が二十年間ずっと続いた。そして、そして――

◆◆◆

グラストール王城、離宮にて。

「…………ん」

プリシア・クラン・グラストールは目を覚ました。

目を覚まして早々に、プリシアは状況の把握に意識を注いだ。

自分は停滞の病にかかった。アレはどのようにして回復するかも分からない不可逆の病だった。

にも拘《かか》わらず、今自分がこうして目を覚ましているということは、病を回復するための手段が確立したということだ。

それが意味するところは――――

「目を覚まされましたか、王妃。ご快復喜ばしく思います」

従者の女が水差しを差し出してくる。プリシアは無言でそれを受け取ると、一息で飲み干した。ありがたいことによく冷えていた。長く眠っていた身体が覚醒へと向かう。

「状況はどうなっていますか？」

いの一番にプリシアの口から飛び出した言葉は、呪いから解けた眠り姫の言葉ではなく、戦場で意識を覚醒させた指揮官のソレだった。

「全ての原因が判明しました」

「【塔】ですか」

「よくお分かりで」

「さすがに、幾ら魔術に疎い私でも気付きます」

遅すぎましたけどね。と、プリシアは苦々しい顔を浮かべた。

停滞の病が広がるごとに、夫であるローフェン王の挙動不審が加速したのをプリシアはちゃんと観察していた。あの男が何かを隠すように狼狽《うろた》えるときは、自分のことだけだ。

そして王都全域はおろか、それ以上まで広がるほどの影響力があって、ローフェンの関わりがあるのはあの塔しかない。

だが、突き止めるよりも前に、自分までもが停滞の呪いにかかってしまったのが致命的だった。

身体が動かなくなり意識が途切れる前に、なんとしても助けを呼ばねばならなかった。

それも、ローフェンの影響下になく、魔術の知識にとびきり優れ、この未曾有《みぞう》の危機を解決に導ける者の助けが必要だった。

そう考えたとき、思い当たる人材は一人しかいなかった。

「この病は怠惰の魔女……スピーシィが回復を？」

「ええ、そのとおりです」

「…………礼を言わなければならないですね」

とてつもなく嫌ですが、と深い溜息をつきながらプリシアが零《こぼ》した。すると、

「あら、そんなのいいんですよ。私と貴女の仲じゃないですか、プリシア」

と、従者が心底楽しそうに声をあげた。

「………………げえ」

プリシアは王妃にあるまじき声を出した。

「あら、かわいくない声ですね、プリシア。元気そうで何よりです」

エプロンをかけて、従者の格好をしたスピーシィが心底楽しそうな顔をして笑っていた。

目覚めてから最初に顔を見たくない女ナンバーワンがそこにいた。

◆◆◆

追放後、スピーシィと顔を合わせる機会は無かった。表向きは。

彼女は追放された罪人で、自分は彼女を追放した側だ。そして自分は彼女に命を狙われたことになっている以上、当然、顔を合わせる機会があってはならない。

が、裏ではこの二十年の間に何度となく間接的な接触を繰り返してきた。

その度にこの女には苦汁を飲まされて最悪な気分にさせられてきたものだが、今日はこの二十年でも最悪の顔合わせになった。

「……最悪の目覚めです」

「あら、恐るべき病から助けた親友にかける言葉ですか？　それ」

怠惰の魔女、と自分がレッテルを貼り付けたスピーシィはくるくると楽しそうに自分の寝室で踊っている。警備は何をしていると言いたいが、自分を停滞の病から救い出したのが彼女だとすれば、誰も彼女を追い出すわけにはいかないだろう。それがまた最悪だ。

「私が眠っている間に親友という言葉の意味が〝ゲテモノ〟に変わったのですか？」

「失礼ですね！　こんなかわいいゲテモノいるわけないじゃないですか！！」

「いい年した女のぶりっこを面と向かって受けるのは精神にキますすね」

「ひっどーい!!」

スピーシィの悪ふざけに付き合っていては時間の無駄だというのは、不本意ながらも長い付き合いで理解している。故に早急に本題に入った。

「……それで、この国の問題を解消してくれたというわけですか？」

停滞の病から自分を回復させた以上、期待を持って尋ねる。実際に彼女が病に冒されたこの国を救ってくれたというのなら、立場上なんとしても報いなければならない。それこそ（当人は欠片《かけら》も喜びはしないだろうが）かつての汚名の返上と、そのことへの賠償もしなければならないだろう。

だが、スピーシィは首を横に振った。

「いえ、まだです」

「なんですって？」

「というか、現在進行形でこの国、滅びそうです」

そう言って、スピーシィは窓のカーテンを開いた。

プリシアの部屋は離宮で一番景観の良い場所にあった。窓の外には王都の景観がよく見える。その景色をプリシアはそれなりに気に入っていたが、現在窓の外に見える景観はハッキリ言って地獄だった。

『啞啞啞啞啞啞啞啞啞啞啞啞────』

かつて活気に溢れていた王都の中心に、巨大なるバケモノがけたたましい呻《うめ》き声をあげながら蠢いている。六つの腕についた光の鎖を引き千切ろうと藻掻《もが》き、激しい音を立てて暴れている。国の中心地に、最も存在してはならないバケモノが鎮座していた。

プリシアは頭痛を覚えるように頭を押さえた。できるならこのまま再びベッドに倒れ込んでしまいたかった。

「……目覚めて早々、この世の終わりみたいな光景を見せられる身にもなりなさい」

なんとか呻きながら抗議するプリシアに、スピーシィはケラケラと笑った。

「あら、汚いものを隠して綺麗《きれい》なものだけ見て生きていきますか？　貴女の旦那様のように」

その腹立たしい言い回しに、目前の事態のおおよその経緯が思い当たってしまう。自分の察しの良さをプリシアは呪った。

「ローフェン……夫の凶行に気付かなかった愚か者ですね私は」

「いやあ、さすがの私も同情しますよ。虚栄だけで国を滅ぼす怪人の嫁になるなんて、可哀想《かわいそう》すぎます」

「嫌味ですか？」

「よしよししてあげましょうか？」

「気色の悪い」

本当に撫《な》でようとするスピーシィの手を即座に払った。無数の後悔と、燃えたぎるような憤怒が心中をかき乱すが、今は全て置いておこう。考えるのは後だ。

「私を目覚めさせた理由は分かりました。それで貴女はどうする気です？」

「気に入った人も増えたので、手伝ってあげてもよくってよ。って感じですね」

「なら好きにしなさい。私の邪魔を――」

そう言ってプリシアはベッドから身体を起こし、立ち上がる。

そして不意に自分の姿を見た。

寝間着ではなかった。

王立ガルバード魔術学園高等学部学生服（夏服）だった。


「――――ぎ」

ぎ、から始まる魂の絶叫が離宮に響き渡った。

◆◆◆

「ああ、良い声で啼《な》きますねほんと……！」

スピーシィは憎き敵にして愛《いと》しき強敵《ライバル》の絶叫を目を閉じて聞き入った。大変心地のよい悲鳴だった。これだけでもこの馬鹿馬鹿しい問題に首を突っ込んだ甲斐《かい》があった。

「おおおおおまーえええええええええはー！　なああにしてるんじゃあああ！！！」

大体二十年前の制服を身に纏った王妃プリシア（三十八歳）はスピーシィの首根っこを引っ掴んで叫んだ。スピーシィはニッコニコに微笑み、答えた。

「眠っている間に寝汗をかいてると思って着替えさせてあげました！」

「馬鹿野郎！！！」

既に王妃の言葉遣いは消し飛んでいる。プリシアの荒っぽい言葉遣いの方がスピーシィは好きだった。

「落ち着いてくださいプリシア！　そして安心してください！」

「何を!?」

「私も着ています！」

スピーシィは前掛けのエプロンを外して自前の王立ガルバード魔術学園高等学部学生服（夏服）姿を披露した。直後に王妃専用の巨大枕が剛速球で飛んできた。回避できずにスピーシィの顔面に直撃した。

「痛いです！」

「私ら幾つだと思ってんだ！！！」

「三十八歳」

「三十八歳が素面《シラフ》で着ていい格好じゃないんだよ、このミニスカは！！！」

王都グラストールの夏は湿度気温共に高いためか、王立ガルバード魔術学園高等学部学生服（夏服）の造りは通気性を重視している。それが理由なのか、それとも設計者の脳みそがかなり悪かったのかは不明だがスカートの丈が結構きわどい。おそらくは設計者の頭が悪かったのが正解だ。

結果、この空間がとんでもなくインモラルな有様になってしまったが、スピーシィはなぜだか無性に楽しくなっていた。多分ハイになっている。

「正気が嫌ならお酒飲みます？　ワインありますよ。貴女のですけど」

「死ね！！！！」

そう叫びながらプリシアは形振《なりふ》り構《かま》わず制服を脱ぎ捨てようとする。が、なぜかめくり上げようとした瞬間、ガチンと奇妙な音と共に制服が固定された。眩《まばゆ》い輝きを放ち始めるガルバード魔術学園高等学部学生服（夏服）を見ながらスピーシィはニッコリ笑った。

「あ、呪いかけておきました。事態解決まで脱げません」

「今！　すぐ！　解け！！！」

「無理です。自分でも解けません。なので私も脱げません！」

「気が狂ってるのか！！？」

プリシアは頭を掻きむしって絶叫していた。たしか彼女はグラストールの魔術王を支える賢姫として名を馳《は》せているはずなのだが、随分と落ち着きが無い。どうしてしまったのだろう？

と、ふざけたことを考えながらも、スピーシィはプリシアの肩を叩いて、

「大丈夫、似合ってますよ――――」

プリシアの頬を突《つつ》いて、ニッコリと笑うと、

「わ・た・し・は♥」

マウントを取った。

「――――ふ」

ブチィ、と何かが盛大に切れた音が聞こえた。

そして王妃プリシアはつかつかとスピーシィに背を向けるとベッドのすぐ傍に向かい、そこの壁に飾られている、全長二メートルはあろう、巨大な大剣の柄《つか》を手に取った。

「ふふふふははははははははははははははははははは」

そのまま狂気じみた笑い声をあげながら、悠々とその、い、い、い、い、い、い、い、い、大剣を構える。そしてスピーシィに向かって容赦なく振り上げた。同時にスピーシィは杖《つえ》を構え、突きつける。

「貴様を追放ではなく処刑にしなかったのは我が人生最大の過ちだったなぁあ!!」

「おほほほほ！　怖い顔！！！　今日こそその顔、泣きっ面に変えてあげます!!」

こうしてスピーシィとプリシアの通算数十回目になる対決が勃発してしまった。

◆◆◆

王妃の寝室前の廊下に、凄《すさ》まじい爆発音が響いた。

音の発生源は王妃の寝室であり、当然、警備の騎士達は一刻も早くはせ参じて、王妃の安否を確かめなければならないわけだが、誰も駆けつけることはなかった。

なぜなら、プ、リ、シ、ア、王、妃、を、一、人、で、看、病、す、る、こ、と、こ、そ、が、スピーシィの報酬だったからだ。

無論、毒殺や暗殺の類いは契約《サイン》で封じたが、騎士達は彼女の凶行を見守ることしかできなかった。

もっとも、スピーシィは決してプリシア王妃を傷つけるようなことはしなかった――少なくとも、物理的には。

「あーあーあーあー。始まっちゃった。本当に飽きないわね二人とも……で」

スピーシィの凶行が済むのを外で待っていたミーニャは、不意に自分の隣で同じく待機中のガイガン隊長に目をやった。

「貴方は何をしているので？　ガイガン隊長」

なぜか彼は立ったまま両耳を覆っている。

「現在私は眼と耳と鼻の機能が潰れて、この離宮で行われている戦闘行為の一切を確認することができません」

「真面目。というか、貴方はともかく貴方の部下達は楽しそうよ？」

チラリと見ると、王妃の寝室の扉の隙間から以外そうな目をした騎士達が中を覗き見ていた。

「プリシア王妃……お労《いたわ》しや」

「何という格好に……」

「いやしかし……ううむ……なかなかどうして……」

「後でアイツらはフルアーマーでグラウンド百周させておきます」

ガイガンは部下達に冷たい視線を送った。

「騎士団はプリシア王妃のファンが多いのです。とはいえ、まったく場を弁《わきま》えろ……」

「貴方はプリシア王妃（ガルバード魔術学園高等学部学生服・夏服ｖｅｒ）見なくていいの？」

「私は嫁一筋です」

「さいですか」

雑談をしている間にも凄まじい轟音《ごうおん》が部屋内で響く。このような異常事態でなければ絶対にあってはならない破壊音が連続して響いていた。

「部下からの連絡によると避難誘導は進んでいます……が、こちらはどうでしょうか」

「まあ、心配しなくても終わるでしょう。もうすぐ……っと」

不意に扉が開いた。慌ててガイガンの部下達が扉から離れる。すると暫《しばら》くして、ぬっと、扉の中から二人が姿を現した。

「王妃様。ご回復喜ばしく思います」

正確に言えば、片手でスピーシィの頭を引っ掴んで、もう片方の手で大剣を握りしめた王妃プリシアが姿を現した。彼女は据わった目つきでミーニャを睨《にら》んだ。

「バレンタイン。それは嫌味か？」

「めっそうもございません」

ミーニャと王妃の関係はあまりよろしくない。主にスピーシィの一件で。

とはいえ普段は真っ当な王妃と貴族の関係を維持できているのだが、現在プリシア王妃にその外面を維持する余裕は無い。主にスピーシィのせいで。

そのスピーシィはといえば、プリシアに頭を引っ摑まれた状態で「うーうー」とじたばた藻搔いていた。制服以外ボロボロで、髪の毛もなぜか焼け焦げた状態だ。彼女は珍しく、心底悔しそうな顔をしていた。

「あーもー！！！　まーたー負けたー！！？　プリシア寝起きなのにー!!」

「魔術の才覚に頼り切りの貴様に白兵戦で負けるわけがあるか、愚か者めが」

「なんで眠りの魔術も効かないんです!?　古くさい護符なんて貫通できるのに！」

「〝与える〟お前の技法はとうに見切っている。防げないなら、与えられた魔術を端から燃焼して消費すればいい」

「超ゴリラ!!　竜かなんかですか!!　そりゃ停滞の病になりますよゴーリラゴリラ！！！」

「黙れ」

そう言ってプリシア王妃が手を放すとごちんと地面に頭をぶつけてスピーシィは悶《もだ》えた。プリシアは彼女を無視してつかつかと歩を進めると、ガイガン隊長の前に立った。

「状況はどうか」

「避難は進んでおります。現場の術者の報告ではあと三十分ほどで悪魔の拘束が解けると」

「現在動ける騎士達を総動員しろ。民達に被害を出すことは許さん」

「はっ！」

王妃の命令にガイガンは応じ、その背後で騎士達が迅速に動き出す。その様は王を支える姫君のそれではなく、軍隊の司令塔、将軍のソレだった。しかし違和感は無い。むしろその姿こそが本来のものであるというかのようだった。

「悪魔の拘束状態は順次伝えろ。解除後、王城まで誘導する」

「王城に、ですか」

「塔の位置から城下のどこに誘導しても被害が出る。だが王城は最も堅牢《けんろう》な結界が敷かれている。塔が無くとも機能するように、念入りに魔水晶の蓄えもな」

喜ばしいことであるはずだが、プリシア王妃の表情は皮肉げだ。

その表情の理由は想像つく。その念入りな王城の護りの準備を進めたのがローフェン王だったのだろう。塔を支配しつつあった悪魔が万が一暴走したとき、自身を危機から守るために、王城に徹底的に護りを敷いたのだ。

自らの撒《ま》いた種から身を守るために、自分だけは助かろうと護りを敷く。

率直に言ってしまえば、卑劣極まる所業だ。それを自分の夫がやったともなれば、そんな表情にもなるだろう。そしてプリシア王妃はその自分本位で生まれた護りの結界を、民達を守るための盾として使うつもりのようだ。

「そしてバレンタイン。お前の親族の力も借りるぞ」

「……よろしいのですか？　この一大事に、〝大きな介入〟を受けることとなりますが」

「国民の命には代えられん」

プリシアの〝要請〟を受けて、ミーニャは溜息をつく。

「相変わらず、国のためならなんだってするお方だこと」

ミーニャにとってプリシア王妃は嫌いであると同時、苦手な相手でもある。

なぜなら彼女は正しいからだ。

彼女は正しい。そして厳しい。貴族として、支配者として、しなければならないことは全てやる女であり、それを他人にも自分にも強いる。スピーシィを追放したのも、スピーシィが貴族として、婚約者としてやるべきことを怠っていたからだ。そして、彼女の代わりに王妃になったプリシアはスピーシィがやらなければならなかったことを全てやっている。そればっかりはミーニャも認めざるを得ない。スピーシィだってそれは理解している。

彼女は正しい。彼女は強い。それは精神的にもそうであるし――

「王城に誘導した後は」

――物理的にも、そうなのだ。

「いい、いい、い、私が悪魔を殺す」

【賢姫プリシア】、またの名を【剣姫プリシア】は大剣を構え、静かに宣言した。

八章 ✦ 怠惰の魔女と影の騎士 ✦

EPISODE 8

——偉大なるグラストールの王子たるもの、過《あやま》つことは許されない。

斜陽の大国。グラストールの王子、ローフェン・クラン・グラストールはこのような言葉を幼少時代にかけられていた。それは父親、即《すなわ》ち先代のグラストール王からの言葉だった。そして彼は、その言葉を真面目に受け取った。

間違ってはならないのだと、彼はそう思った。

父がそれほどまでに真剣に血走った目で言うのだから、そうなのだろうと。

先代王、コールヴェイ・クラン・グラストールは清廉潔白で不正を嫌う男だった。嫌うあまり、古くからの貴族達との繋《つな》がりと、腐敗の垣根が見えなくなる程の男だった。正しいことをしているはずなのに彼は周囲から暗君と呼ばれ、それが余計に彼を追いつめ、正しさに対する盲目的な信者とさせた。

自分を罵り、追いつめようとする連中は悪に違いない。

悪に負けてはならない。

過った信念を持った卑怯者《ひきょうもの》達に、負けることなんてあってはならない。

そんな、自分は絶対に正しいという盲信が、先代王の精神バランスを致命的に崩壊させていた。

そして、そんな父親の偏った教育は、息子に対して最悪の重圧《プレッシャー》を与えてしまった。

完璧主義を強要されたローフェンは、さて、どうなったか。

無論、言うまでもなく、全てを完璧にこなすことなんてできない。どれだけ優れた天才であっても、そんなことはできない。どれだけ注意深く地面に目をこらして転ばないようにしたとて、空から雨に降られてずぶ濡《ぬ》れになるような不運《トラブル》はいつだって起こりうる。

だが、そうなったら、「なぜ雨に降られたのだ」と父王は叱責するのだ。まるでこの世の終わりのように怒り狂いながら、罵詈雑言《ばりぞうごん》を投げかける。

ではどうするか？

不可能である完璧に自分を近付ける無駄な努力を続けるか？

ローフェンはそれを選ばなかった。彼は至極単純な手段を選んだ。

彼は自分の瑕疵《かし》を隠した。


大きな布で過ちを覆った。

砂をかけて失敗を埋めた。

家具の陰に押し込んで欠点を見えなくした。

視界から隠し、埋めて、押し込んで、見えなくした。恐ろしい父王の眼《め》から逃れて、完璧な人間に見せかけることを選んだ。

言うまでもなく、それは子供の浅知恵と言えた。普通なら、すぐにバレて、より強く叱責されるものだ。二度とこんなことをしてはならないと叱られるものだった。

不幸は二つあった。

ローフェンには才能があった。自分の見栄えを良くする虚栄の才能があった。

そして、彼の父王は致命的なまでに人を見る目が無かった。

哀《かな》しきかな。見る目の無い王は息子の虚栄に誤魔化《ごまか》され、その偉業を讃《たた》えた。彼の所業を「素晴らしいことだ！」と称賛してしまった。結果、ローフェンは学習した。

ああ、これでいいんだ、と。

そしてその最悪の成功体験に彼は依存した。彼は誤魔化しに長《た》け、舌を動かすことに長け、隠蔽に長けた。そうして、彼はガルバード魔術学園に入学した後もそのように過ごした。

元々、彼には魔術の才能それ自体はたしかにあった。別に誤魔化しなどしなくても、正しい努力を積めば優れた結果を生み出すことはできたはずだった。

だが、彼はそうしない。幾らか優れているだけでは、父が納得しないから。

そのとき既に父王は病にかかり、病床についていた。後に彼が学園を卒業すると同時に亡くなる。だが、その場にいないはずの父の幻影に彼は支配されていた。その恐怖に従って、より完璧な自分を演出するために、彼は嘘《うそ》をつき続けた。

学園でも彼の虚栄は通用した。誰も彼の嘘は見抜けなかった。この頃には彼の嘘に磨きが掛かっていた。どうすれば相手を誤魔化せるか。どうすれば自分の都合の良いところだけを見せることができるか。そんな技術を彼は身につけていた。そしてそれは皆に通用した。

良かった。これでいいんだ。これでいい。これで――

「なんで笑ってるんですか？　気持ちが悪い」

その矢先だった。怠惰の魔女と出会ったのは。

◆◆◆

怠惰の魔女、と影ながら悪口を言われていたのは、貴族クロスハート家の長女だった。

病で引きこもり、家族にも見捨てられた憐《あわ》れな女。

誰にも望まれないのに、己の病を己で癒やし、生き延びたお邪魔虫。

不摂生の不衛生、病の後遺症で荒れ放題の肌に髪、それを放置する醜い醜い怠惰の女。

そんな陰口が彼方此方《あちこち》で飛び交った。哀しいかな。彼女の家族、兄弟すらもその噂《うわさ》を否定しなかった。彼女は間違いなく厄介者で、困ったことに彼女は自分の婚約者だ。

名家クロスハートと王家の繋がりを強くするために、彼女が健康なときに交わされた約束であり、彼女が病で死ぬことで解消され得るはずだった約束であり、そして今、彼女が回復してしまったことで、どうにもできなくなってしまった約束でもあった。

忌々しい。いっそ死んでいてくれたなら。

親兄弟からそんなふうに言われても、怠惰の魔女は知らんぷりだ。

勿論《もちろん》、ローフェンにとってもそれは同意見だ。醜い怠惰の魔女が自分に嫁ぐなど、気持ち悪くてたまらない。学園の自室に引きこもり続けている彼女の顔を見たことは数えるほどしかないが、なるほどたしかに醜かった。本当に彼女と婚約するなどゾッとする。

だけど勿論、そんな感情は表には出さなかった。

口憚《はばか》らず悪口を言う取り巻き達に対しても、怠惰の魔女に同情的な言葉を重ねて、決して自分が悪者にならないようにした。「優しく賢いローフェン王子」の仮面が、彼女なんかのせいで崩れてしまうのは避けたかった。

だから引きこもりの彼女へのお見舞いも欠かさなかった。

といっても、扉をノックして適当に優しげな言葉を告げて、見舞いが済めば帰るだけだ。彼女が顔を出すことはほとんどなく、それをローフェンは望んでいなかった。顔を合わせるなんて面倒は、ご免だったからだ。

「邪魔なんでどいてください」

だからこそ、その日は不幸だったと言える。

たまたま外出していた怠惰の魔女、スピーシィと鉢合わせることになったのは。

怠惰の魔女スピーシィは、やはり酷《ひど》い格好だった。ボロボロのローブにボサボサの髪に肌、そして奇妙な異臭。栄えあるガルバード魔術学園の生徒とはとても思えないし、クロスハート家の長女であるなどと信じられない。街の浮浪者でも、もう少し身なりはちゃんとしているのではないだろうか。

思わず浮かべそうになる嫌悪を彼は隠した。

今も周りには彼の取り巻きがいるのだ。丁度いい。自分の優しさを彼らにアピールするチャンスだろう。彼はそう気を取り直して、いつものように凜々《りり》しい笑みを顔に貼り付けた。

「やあ、スピーシィ。僕は――――」

「なんで笑ってるんですか？　気持ちが悪い」

だが開口一番、怠惰の魔女はローフェンをそう切って捨てた。

「楽しくもないくせに笑わないでください。悍《おぞ》ましい」

彼女はあまりにも容赦なく、自分の虚栄を引き裂いて破壊した。

本当に言うだけ言って、スピーシィは自室に戻り、扉に鍵までかけて、再び引きこもり状態に戻ってしまった。呆気《あっけ》にとられた取り巻き達は、我に返ると自分達の未来の王に対する暴言を口々に罵り、怒り狂った。

だがしかし、唯一ローフェンだけが怒りとはまったく別の恐怖を感じていた。

見抜かれた。見抜かれた？　見抜かれた！

自分が本当は笑っていないことを。これっぽちも彼女のことを想《おも》っていないことを。彼女は見抜いた？　見抜いたのか？　本当に？

真相は分からない。分からないが、恐怖だった。だって、もしも嘘がばれてしまったら、自分の正体に気付かれてしまったら、自分の〝間違い〟がバレてしまったら。

父上に怒られてしまう。

もうこの頃には彼の父王はとっくに病で弱り果てて、離宮で過ごすことも多くなっていた。公務は大臣達が代行していた。学園の卒業と同時に彼は玉座に就くことが決まっている。だというのに、それでも彼は父王が怖くて怖くて仕方がない。結局、彼の虚栄の根源はそれだった。

だからローフェンは一刻も早く、スピーシィを排除しなければならなかった。

都合の良いことに、そして幸運なことに、その頃フィレンス家の長女プリシアが精力的に学園で活動を続けていた。クロスハート家とも交渉し、スピーシィという膿《うみ》をグラストールから取り除くことに積極的だった。

ローフェンはその神輿《みこし》に便乗した。勿論表向きはスピーシィを配慮する優しき王子としての評価を崩さぬようにしながらも、スピーシィを目の前から消し去ることに注力した。

スピーシィが自分が発案した【神魔の塔】について否定的だったのも上手《うま》く利用した。元々は思いつきに近い、周囲の取り巻き達を満足させるためだけの提案だったが、いかにもその計画が素晴らしく、それを否定した彼女が分からず屋の愚か者になるよう仕立て上げた。

本当に何からなにまで利用した。後先考えず、スピーシィを追放することだけに全力を尽くした。

彼女を追放すれば、

目に見えぬところに追いやれば、

きっと、大丈夫。コレまでと同じで、大丈夫だ。

本当に？　本当に？　本当に？

ずっと優しい微笑《ほほえ》みを浮かべながら、常に疑心と強迫観念のただ中に彼はいた。

哀しいことに、狡《ずる》と嘘に塗《まみ》れた彼のこれまでは、自尊心というものを育むことを阻んだ。嘘をついたから、誤魔化したから、狡をしたから。これまでやってこれたのだと彼は盲信していた。

そうしてスピーシィを追い出して、プリシア姫を迎えて、王になって、子供も産まれて、それでも彼はまだ疑心と不安の中にいた。なのに、それを誰にも相談なんてできなかった。

だって彼は、偉大なるグラストール王国の【魔術王】なのだから。

虚栄に虚栄を重ねて、魔術の王にまでなってしまったのだから。

とうとう、自分では降りられなくなるくらいに積み上げてしまった虚栄の塔の頂上で、グラグラと揺れ続ける塔の天辺《てっぺん》で、誰に向けることもできない悲鳴を彼はあげた。

スピーシィに否定された神魔の塔は着々と完成に近付いている。その実体は何も成すことのない虚《うつ》ろの塔であると彼だけは知っている。嘘が新たな嘘を呼んで、いよいよ誤魔化しきれなくなった大嘘を前に、彼は頭を抱えた。そして――


『――啞啞啞啞啞啞啞啞啞啞啞啞啞』

触れてはならないものに彼は触れた。

◆◆◆

「おお、おお、偉大なる魔術の王よ。お会いできて光栄にございます」

その女は、商人と名乗っていた。

黒い髪、露出の多い服で、随分と褐色の肌を晒《さら》している。遠く西国の端、砂漠の国ラバスタからやってきたと言うその商人は、多様なものを扱っていた。稀少《きしょう》な宝石や書籍、珍しい香辛料に魔法薬。様々なものを用意した彼女は、瞬く間に王城の大臣達を魅了した。

勿論、ローフェンも彼女の商品に心惹《ひ》かれないわけではなかった。

しかし彼女は、商品の検分を行う騎士達の視線から逃れるように、密《ひそ》やかに王の傍《そば》へと近付いていた。

「ああ、ああ……偉大なる王よ。何か、悩みを抱えていらっしゃるのではありませぬか？」

まるでこちらを見透かしたような紅色の眼が、ローフェンを射貫《いぬ》いた。

そして彼女は、ローフェンの胸元にそっと、一冊の本を差し出した。何の意匠も無い、題名も書かれていない、古く、奇妙な無地の本だった。しかし不思議と、ローフェンはその本に眼を惹かれた。眼を逸《そ》らすことのできない奇妙な引力があった。

明らかな【魔本】の類いだった。

魔本には時として恐るべき古《いにしえ》の術が秘められたものがある。神が未《いま》だこの地を去っていない時代の恐るべき秘術。時として、使用者に破滅をもたらすような強い呪いも、存在している。

言うまでもなく、そのようなものが商人から直接王に手渡されるべきではない。他の品々のように精査されるべきものであるはずだ。騎士達の眼を隠すようにして手渡されるようなものなど、もってのほか……にも拘《かか》わらず、ローフェンは突っぱねることができなかった。

悩んでいたのは本当だった。

建設中である神魔の塔の完成の目処《めど》が、未だに立っていなかった。

当然といえば当然だ。神魔と仰々しい名前が付いていても、中身は空っぽの虚栄の塔だ。そろそろ中に入っている魔術師達も訝《いぶか》しみ始めた。いつまで待たせるのだと建築家達がウンザリと声をあげ始めた。時間が無かった。縋《すが》れるものはなんだって縋り付きたかった。

だが、彼は誰かに頼ることはできない。

王妃であるプリシアにも、決してそうすることはできない。

だから彼はその魔本を、差し出された胡乱《うろん》な品を手に取った。

「貴方《あなた》が真の魔術王であるならば、きっと使いこなすことが適《かな》うでしょう」

そう言う商人は妖艶に笑っていた。

◆◆◆

そして自分の研究室にて開いたその本は——やはりというべきだろう——古代の妖しげな術式《コード》が刻まれた魔本であった。あからさまに年季を感じる、古い古い魔導書だ。

だが、不思議とその魔本は、ローフェンに語りかけてくるように必要な知識を彼に与えてくれた。塔が直面している問題。魔力を蓄積する手段。無機物の生物化を彼にもたらしてくれる。

不思議だった。

だってローフェンは古代語なんて読み解けない。なのになぜかスラスラと読み解くことができるのだ。ありえないはずなのに、そのことを疑問に思うこともなかった。

まるで本が生きているように、望むとき望むものを用意してくれる。知識だけではない。くだらない愚痴や不満を零《こぼ》せば、次の瞬間には自分を慰める言葉が並ぶ。

たちまち彼は本に魅了された。

ローフェンにとって、初めて自分の孤独を埋めてくれる相手だった。自分を完璧であるように偽ってきた彼は、理解者を作ることができなかった。妻も産まれた子供達も、彼にとっては自分を暴こうとする敵対者と変わらない。憐れなまでに彼は孤独で、だからこそ自分の虚栄が剝《は》がれる心配の無い魔本は、彼にとってあまりにも魅力的だったのだ。

だから、次第に魔本が放つ魔力が大きくなっていくのを、無視した。

だから、奇妙な音を――声を発し始める魔本の異常を、無視した。

だから、徐々に本を使うのではなく、本に使われ始めている自分を、無視した。

魔本に従うままに塔は変貌していく。優美な表側の足下で悍ましい肉塊が脈動する。本から這《は》い出《で》る甘い声に彼は支配され、元々健全とは言い難い彼の精神状態を致命的に壊した。

『啞啞啞啞啞啞啞啞啞啞啞啞啞啞啞啞啞啞啞啞』

そうして、本の形ですらなくなった彼女に彼は心酔した。

塔が創り出す魔力を彼女に献《ささ》げ続ける。次第にその魔力の量が多くなり、病という形となって王都に悪影響が現れても尚《なお》、奉仕し続けた。

物心ついてから、一度たりとも訪れなかった心からの安堵《あんど》を与えてくれる〝彼女〟に全てを委ねたのだ。そうすれば、自分の虚栄はきっと剝がされることはないのだと、心から安心して。

配偶者であるプリシアのことも、子供のことも何もかも忘れて、自分が積み上げた虚栄の塔が崩されないことへの安堵をただただ貪った。

そして――――

◆◆◆

『啞啞啞啞啞啞啞啞啞啞啞啞啞啞啞啞───』

そうして、彼はとうとう人間ですらなくなってしまった。

随分と高くなった視界で、ローフェンはグラストール王都を見渡していた。

〝彼女〟───悪魔に握りしめられて、潰れて、ぐちゃぐちゃになったあと、目を覚ますとこうなっていた。両手を見ると、爪が伸びて、毛むくじゃらで、指が八本あって、しかも腕が六本あった。頭には角が伸びていた。

ローフェンは、悪魔そのものになっていた。

『啞啞啞啞啞啞啞啞啞啞───』

しかし、不思議と嫌な気分ではなかった。

解放感と、異常なまでの高揚感が彼を包んでいた。何をしても許される万能感が彼を支配していた。唯一、腕にまとわりついた光の鎖だけが鬱陶しかったが、それも間もなく壊れようとしていた。

そうすれば、今度こそ本当の自由だ。

もう偽る必要はない。誤魔化《ごまか》すこともない。全てから解放されるのだ！！！

とうとう倒れた虚栄の塔を踏みつけて、ローフェンは両腕を振り回す。

光の鎖が砕ける。千切れる。崩壊する。縛るものはもう、何も無いのだ。

『啞啞啞啞啞啞啞啞啞啞啞啞啞啞啞啞───────！！！！』

彼は歓喜の声をあげた。解放された衝動と共に力を放つ。力の込められた吐息《ブレス》を吐き出すと、美しい街並みが、自分が積み上げた虚栄の一端が、風に吹かれる砂城の如く崩れていく。

最高の気分だった。

本当はずっとこうしたかったのだ。

傲慢なる大臣達。疎ましい貴族達、我《わ》が儘《まま》な国民達。全部全部ウンザリだった。

彼らの顔色を窺《うかが》って、彼らに良い顔を見せなければならない苦労は、年をとるごとに疎ましくなっていた。

ずっとずっと我慢の限界だったのだ。

さあ、壊そう。全て壊そう。何もかも壊そう。

「撃てェ!!」

そう思っていると、不意に頭に何かが直撃した。強烈な光と熱。グラストールで騎士達が使う魔砲の類いだ。

ローフェンは腹が立った。せっかく自分が騎士達に配備してやった最新の兵器を、よりにもよって自分に向かって放つとは!

『唖────!』

禍々《まがまが》しい指先を向け、そこに力を込めると熱が灯《とも》った。間もなくして、自分にぶつかってきた魔砲よりも遥《はる》かに強大な光が指先から放たれた。グラストールの大通りを粉砕しながら、騎士達に向かっていく。

「退避、退避────!!!」

必死に逃げ惑う騎士達は、まるで虫のようだった。

やはり良い気分だった。当然の報いだとも思った。そしてもっと、その無様を見たいとローフェンは思った。足は自然とそちらに向かう。蹄《ひづめ》が地面を踏みならす。その度に王都が揺れ、騎士達が逃げ惑う。最高だった。こんな気分は生まれてこのかた初めてだった。

物心ついた幼子が初めて玩具《おもちゃ》に触れたときのように興奮しながら、ローフェンは前進する。途中で幾つもの邪魔者を蹴散らしながら、誘導されるままに。そして――

『唖――――』

彼は大通りを抜けて、その先にある自らの王城の前に立った。

数十年間、彼がずっと過ごしてきた城だ。そして数百年以上続いた、歴史と伝統のある誇り高きグラストール王城だ。勿論ローフェンとて、その王城に愛着を覚えないわけではなかった。忌むべき記憶も多い場所であるが、それでも、ずっと過ごしてきた場所なのだ。

しかし彼の視線は、意識は、自分の城《いえ》には向いていない。

彼が意識を奪われていたのは。

「さて、それじゃあやりましょうかプリシア。二人の共同作業」

「悍ましい物言いを今すぐやめろ、スピーシィ」

かつて自分の婚約者であった魔女。

そして、ずっと自分を支えてきた王妃がいた。

自分のような偽物ではない者。

その内に輝けるものを持った本物達がそこにいた。

自分では絶対に届かない光を、もはや行き着くまで成り果てたローフェンは疎ましく思い、眼を細めた。

本当はずっと嫌いだった。

自分の正体を見抜く本当の魔女も、
偽り、誤魔化す必要もなく、在るままに正しくあれる王妃も、
どちらを前にしても、自分がいかに矮小《わいしょう》であるかを思い知らされるのが、嫌だった。これまではその光に対して曖昧に笑って、遠ざけて、観て見ぬ振りをするしかなかった。

だが、今は違う。

城と同じくらいに大きくなった自分に対して、二人の光はあまりにも小さい。この手で握り潰してしまえそうなくらい。

だから握り潰してしまおう。

ローフェンは躊躇《ちゅうちょ》なく手を伸ばした。

◆◆◆

「急げえ!!　決して近付くな!!　魔力の集中を確認したら即座に退避しろ!!!」

魔甲騎士団隊長ガイガンは声を張り上げ、決死の覚悟で騎士達を指揮していた。

【奈落《アビス》】から出現する魔獣達を相手にする魔甲騎士団の隊長を務める以上、生物の理《ことわり》から踏み外したバケモノ達を相手にするのは慣れていた。首を刎《は》ね、心臓を潰しても尚、まだ動き回るような生物を彼は幾度も相手にしてきた。

だが、だからこそ確信できる。

この実体化した悪魔は、彼が今まで相手してきた魔獣とは次元が違う。

「第二、第三結界破砕!!　足止めもできません！！！」

「諦めず続けろ！　物理、魔術を問うな!!　王城以外のルートに進ませるな!!」

部下達を鼓舞しながらも、自分達の攻撃が一切通用しないという事実にガイガンは戦慄していた。

神魔の塔による無限魔力補充が失われたとはいえ、戦闘能力そのものが失われたわけではない。魔獣との戦闘経験も、その対処のための技術も彼らは有している。

それらが何もかも通用しない。

塔の内部のときのように、そもそも攻撃が当たらない、というわけではない。スピーシィが言っていたように、受肉し現実に顕現している。攻撃は当たる、それは間違いない――――本当にただ単に、何一つとして傷を負わすことができないだけだ。

こちらが使う武器でも、兵器でも、一切傷がつかない。着弾しても、跡も残らない。魔術による拘束も、地形破壊による足止めも通じない。有効だったのは最初のスピーシィの拘束術のみだ。それだって、あくまでも悪魔の体内に結果的に潜り込めたからこそだと彼女も言っていた。完全に実体化している今、体内に潜り込むなんて真似《まね》はできない。

しかも問題はそれだけではない。

「ぐ、紅蓮《ぐれん》騎士団の魔術部隊が壊滅しました!!　攻撃を仕掛けたのですが反撃で……！」

「馬鹿者が!!　不用意に攻撃するなと言ったはずだ!!　自分達で仕留められるなどという甘い考えを出すな!!　逆に王都が被害を喰《く》らうぞ!!」

他の騎士団達との連携が甘い。

口憚らず言ってしまえば、他の騎士団の練度があまりにも温《ぬる》い。自分達の常識を超えた生物との戦いというものを何一つとして理解できていない。

コレも当然と言えば当然の話だ。魔獣達との戦いの経験値で、自分達を上回っている者は〝一人を除いて〟他にはいない。どうしようもなく練度に差がありすぎる。

そして、プリシア王妃に全騎士団の総指揮を任されたが、そう簡単に全ての騎士達が、ガイガンに従うわけでもない。

こうなることは自明だった。

命じたプリシア王妃だって本当は分かっていたはずだ。この緊急事態であっても、そう容易《たやす》く、身分立場の違う騎士達が一つにまとまるはずがないのだ。

だが、分かっていてもやるしかない。

「気合いを入れろ！　プリシア様が前線に立って、我々が尻込みしては騎士の名折れだ」

ガイガンは叫ぶ。この場において最も有効な激励だ。

この作戦は〝彼女達〟の場所に誘導する至極シンプルなものだ。たったそれだけのことしか任されなかったとも言えるが、なればこそ、それだけのことすら果たせずしてなにが騎士か！

「お、おおおお！！！」

「魔甲騎士団に後れを取るなあ‼」

そんなガイガンの怒りにも似た鼓舞に、現場の騎士達は雄叫《おたけ》びをあげる。彼らとて、今がグラストール最大の危機であることも、自分達がどれだけ惨めを晒しているかも理解しているだろう。

その二つの事実が、このどうしようもない怪物相手に尻込みすることなく、彼らを立ち向かわせた。

「一人たりとも民に犠牲を出すことは許さん！！　文字どおり盾となり王都を守り抜け‼」

叫びながら攻撃を繰り返す。無論、ダメージは与えられない。だが、誘導には効果はある。悪魔は攻撃を受ける度、鬱陶しそうに首を振り、そして迷いなくこちらを追ってきている。

『唖唖唖唖唖唖唖唖唖唖唖唖唖唖唖唖唖唖唖唖唖唖唖！！！』

「ぐあああああ！！？」

「ひ、ひぎゃあ！！？」

悪魔の攻撃から王都と国民を護《まも》るため騎士達が倒れていく。指から放たれる光熱に焼かれていく。鎧《よろい》も盾も通じない。無尽蔵の魔力に頼った防具はただの鉄塊に変わっている。

前線の崩壊にガイガンが歯がみし、次の指示を出そうとした、そのときだった。

『唖唖唖唖唖唖唖――――――唖⁉』

不意に悪魔の動きが止まる。

新たな攻撃のための準備かとも思ったがそうではない。ガイガン達が導こうとしていた王城へのルートを舗装するように、白く輝く魔法陣が悪魔の周囲を囲ったのだ。

その白い魔法陣を悪魔は破壊できない。これまでほとんど無抵抗だった悪魔の動きが制限できていた。

「【白影教会】が来てくれました!!」

「連中がか!?」

かつて、この地を去った神々を信奉する【教会】。悪魔と対峙《たいじ》する者達による援助に、ガイガンは驚く。

たしかに連中は悪魔の影在れば、どの国相手にも介入してくる嫌われ者ではあるが、しかしいくらなんでも早すぎた。

「バ、バ、バレンタイン様からの、の、の要請を、を受け、て、てきた、たと！」

「そうか、バレンタイン家は……いや、いい！　とにかく、助かった!!」

ガイガンは首を振り、再び顔を上げる。介入によって悪魔の進路は一つを除いて封鎖された。悪魔はそのまま、直進を開始する。

「悪魔！　大通りを抜けます！！！」

「よし……!!」

その先にあるのはグラストールの王城であり、その先に待ち構えているのは、この場における唯一の希望の光だ。

「後は頼みます!!　プリシア様！　スピーシィ様……！！！」

◆◆◆

グラストール王城城門、屋外通路にて。

「―――」


プリシアは髪を後ろで結った。

命を賭《と》して闘う際、意識を切り替えるための彼女のルーティンだった。久しく戦場に立っていなかった彼女は自分の両手を見下ろす。指先の一つ一つを折り曲げて、自分の身体の機能や、制服の上から身に着けた鎧の調子を確認していった（彼女が鎧をつけた時、スピーシィは喧《やかま》しかったが）。

その間も、通信水晶から騎士達の悲鳴と状況報告が聞こえてきていた。騎士達は必死に悪魔に追いすがり、そして最後にはプリシアに全てを託していた。

「頼られていますね。王妃様？」

プリシアの傍でスピーシィが楽しそうに話しかけてくる。とはいえ、さすがにこの状況で彼女も遊んでいるわけではなかった。彼女の周囲には幾つもの杖《つえ》が宙に浮いている。それらはそれぞれ自在に動きながら、プリシアの周囲に魔法陣を描き出していた。

「自分の仕事に集中しろ」

「あら酷い。ボランティアの意欲を削《そ》ぐようなことを言うのは感心しませんね？　プリシア」

「ボランティアなら対価を要求するな。今すぐ〝悍ましい呪い〟を解け」

「〝おそろのおまじない〟って言いません？」

「死ね」

そんな会話を続けながらも、着々と魔法陣は構築されていった。プリシア以外にも何人もの魔術師達がスピーシィの作業の補助を行っているが、彼女の曲芸めいた魔法陣の構築技術に眼を回している。

スピーシィが追放された怠惰の魔女であると気付いている者もいるが、今はそれを指摘することはない。そんな無駄な時間をかけている余裕は彼らには無い。

『啞啞啞啞啞啞啞啞啞啞啞啞啞啞啞啞啞啞啞！！！』

既に、屋外通路からもあの巨大な悪魔の姿は見えている。この状況でも尚、現場から逃げずに役割を果たそうとしている彼らは、覚悟を決めている者達ばかりだ。スピーシィの問題でどうこうと浮き足立つような者はここにいない。

「よ……っこらしょ！　スピーシィ、これでいいわけ!?」

そして彼らに交じってミーニャも作業を手伝っている。王城に保管されていた複数の魔水晶を魔法陣の決められた場所に並べていく。それを確認してスピーシィは頷《うなず》いた。

「オッケーですミーニャ。十分です。そろそろ避難してください」

が、その言葉にミーニャは鼻を鳴らし、首を横に振った。

「結構よ。自分の身は自分で守れるわ」

言うまでもなく、悪魔を前にして自分の身を守れるような者はそういない。それでも彼女が逃げないのは、スピーシィを心配してのことだろう。それを理解してか、スピーシィは笑った。

「過保護。でもありがとうミーニャ」

その感謝に、いつもの嘲弄するような声色は少しも含まれていなかった。ミーニャは溜息《ためいき》をついて、そのまま他の魔術師達と同じようにスピーシィの魔法陣の補助に集中した。

『啞啞啞啞啞啞啞啞啞啞啞啞啞啞啞啞啞啞啞！！！』

悪魔は目と鼻の先にまで迫りつつあった。悪魔の大きな鼻孔から吐き出される生々しい息の温《ぬく》もりが感じ取れるようだった。

「わー元気いっぱーい」

スピーシィが暢気《のんき》な声をあげる。だが、その瞳は少しも笑ってはいなかった。感情の一切篭《こ》もらない瞳で、じっと悪魔を観察し続けている。対して、隣にいるプリシアも悪魔をじっと観察する。凍えるように冷徹なスピーシィのものとは対照的に、煮えたぎる怒りに満ちていた。

「ローフェンもあの中か。さっさと引っ張り出さなければな……しかし」

その怒りは悪魔と、その悪魔を呼び出した自分の夫と、何よりも――

「アレにこの国の繁栄が支えられていたと考えると溜息しか出ないな。気付かなかった自分の無能にも」

――自分自身へと向けられていた。

「でも、斜陽だった国が大陸の王者に返り咲いたのは紛れもない事実でしょう？　悪魔は栄光と破滅を同時に持ってくるって言うのは本当みたいですね」

「硝子《ガラス》細工の栄光だ。これが終わった後、グラストールが飲まれる嵐を思うと頭が痛い」

「あら、もう既に勝ってる気なのですね。王妃様」

「お前と比べれば、幾らか素直だ」

そう言いながら、彼女はスピーシィを成敗した大剣を地面に突き立てる。奇妙な大剣だった。大剣と呼ばれるものよりも更に一回りほど大きい代物であるが、王城に飾られていたものの割に、まったくの飾り気が無い。剣には一切の模様も無い。柄部も何一つとして飾り気がない。

「――恐れ多くも偉大なる神の残影に触れることをお赦《ゆる》しください。この悪徳をどうかお見過ごしください。その慈悲をお与えください」

だが、そんなシンプル極まるはずの剣が、異様な存在感を放っていた。去っていった神々への祈りを捧《ささ》げるプリシアの身から放たれる魔力に応じ、脈動する。そして、

【影よ。我が下に集え】」

一言。彼女が告げた瞬間、プリシアの周囲に影の騎士団が出現した。どこからか歩み寄ってきたわけではない。まさに文字どおり、彼女の周囲の地面から湧きでてくるように黒髪の影の騎士達が出現したのだ。魔術師達は驚きの声をあげたが、スピーシィはそれに驚くことはなかった。

「要はその剣に宿った魂達だったたというわけですか」

「魂の残滓《ざんし》、影だ。当人ではなく、それを振るった者達の影法師にすぎん」

いずれは私もこうなる。そう言いながらプリシアは剣を掲げる。すると彼らの身体の揺らぎは更に強くなり、次の瞬間、彼女の飾り気のない大剣に吸い込まれていった。彼らが身に纏《まと》っていた衣服や鎧、武具の類いも闇の中に消えていく。プリシアの大剣に、彼らの影が纏わり付く。炎のように揺らめきながら、影は剣に意匠と術式《コード》を刻み込む。

神代の術式《コード》が刻まれた大剣。グラストール王家に残された秘宝が、真の姿を現した。

「【神影剣《ザイン・シェーダ》】」

古の神が立ち去るとき、地上に残った影を【土王】が鍛え、剣としたもの。弱き使い手であれば、その魂ごと喰らってしまう恐るべき魔剣。それでも幾人もの英傑達がその柄《つか》を握り、国や家族、仲間達を守るためにその命を捧げてきた。

そして今、その魔剣を完全に支配した傑物が【神器】を構えた。

「【焰の蝶《フィーラ》】【大地の大亀《ディーガ》】【踊る風妖《フゥーラ》】【人魚姫《ウォーラ》】」

同時に、その剣姫の隣に立つ怠惰の魔女が【強化術《エンチャント》】を繰り返す。

スピーシィの最も得手とするのはこの【強化】だ。

相手を阻害するのではなく、与える術式。その手法でもって相手の護符のすり抜けも可能とするが、その本質は言うまでもなく――

「【四源至り神渦宿せ《グランデ・フォース》】」

――望む相手に、望む力を与えることにある。

神影剣《ザイン・シェーダ》の力を解放し、その時点で恐るべき力を放ち続けていた剣姫プリシアであったが、スピーシィが強化を施した瞬間、次元を超えた。触れるだけ、近寄るだけで灼《や》けるような圧倒的な魔力が迸《ほとばし》った。

「おお……おお……!!」

先程まで悪魔の接近に怯《おび》えていた魔術師達は、彼女の前に跪《ひざまず》き、両手を合わせて祈り始めた。装飾も華美な物語も必要ない。ただただ純粋で圧倒的な力の前に、悪魔への恐怖をもねじ伏せて信仰が生まれていた。

「まあ祈る対象はミニスカなんですが」

「【試し切りで貴様の首、刎《は》ね飛ばすぞ】」

「あら怖い」

ただの会話すらも魔力が満ちすぎて、魔言に近くなっているプリシア王妃の殺意を向けられても尚、スピーシィは楽しげだった。この共闘が最大の娯楽と言わんばかりだ。

『唖唖唖唖唖唖唖唖唖唖唖唖！！！』

悪魔が吼《ほ》える。その声が起こす震えだけで立っていられなくなるほどだ。魔術師達は地面に倒れ伏せる。ミーニャも同じだ。スピーシィもさすがに堪《こら》えられないのか、自分の身体を宙に浮かしている。

唯一、仁王立ちできているのはプリシアのみだ。

「【我が物顔だな、悪魔】」

悪魔が迫る。その六つの腕を一斉に、スピーシィとプリシアのいる場所へと伸ばす。忌々しい敵を握り潰そうとしているようにも、光と救いを求めるかのようにも見えた。

「【悪いが、お前の腹の中にいる馬鹿者に言わねばならぬ言葉が山ほどある。故に】」

それがどちらであろうとも、応じるプリシアの選ぶ選択は一つだ。

「【奈落《アビス》の底へと還《かえ》るがいい】」

剣を振り下ろす。

次の瞬間、稲光のように眩《まばゆ》く、夜の闇のように昏《くら》い光が悪魔を呑《の》んだ。

『唖唖唖唖唖唖唖唖唖唖唖唖唖唖唖唖唖唖唖唖唖唖唖唖唖唖唖唖唖唖唖!?!?!?』

悪魔が初めて、悲鳴のような声をあげる。叩き込まれた神の影に、巨体が次々に崩壊していく。

皮膚が焼け、腕が引き千切れる。騎士達からどよめきが起こり、このまま打ち倒せるのではという歓声があがる。

『唖――――唖唖唖唖唖唖唖唖唖唖唖！！！』

だが、闇の中に墜《お》ちて尚、悪魔は未だ蠢《うごめ》いていた。残された腕をプリシアへと伸ばし、城壁の結界に指を食い込ませる。結界がその指を焼き切ろうとするが、それでも悪魔は手放さなかった。

「【────】」

悪魔が眼前に迫る。その地獄のような光景を前にしてもプリシアは特に動揺することはなかった。悪魔から一切目線を逸らさず、わずかに眉をひそめる。

「あら、仕留め損ないましたね。ちゃんとしてくださいよプリシア」

「何の真似だ、スピーシィ」

そして、そのまま茶々を入れるスピーシィへと尋ねた。

「あら、何のことです?」

「【強化に加減をしたのは何の真似だと聞いている】」

加減、という言葉に騎士達は動揺する。何せ今現在、プリシアの纏う力は凄《すさ》まじい。普段、魔獣と戦う騎士達の誰一人として彼女ほどの力を纏うことはできまい。

その力を体現するプリシアも、その彼女を仕立て上げたスピーシィも、もはや騎士達にとっては理解の及ばぬものだ。それが〝加減〟だなどと思えなかった。

「ばれちゃった。さすがプリシア」

しかし、スピーシィはそんなプリシアの疑念を肯定した。彼女はひらりとその場から飛び上がると、そこらに転がっていた騎士剣を浮かせて腰掛ける。

「【もう一度聞くぞ。何の真似だ】」

「だって、まだクロくんが悪魔に捕まったままじゃないですか」

クロ、その名前が意味するところをプリシアは知らないが、意図するところは察したらしい。超然とした戦士としての表情をわずかに崩した。

「契約者であるローフェンは、まあ悪魔にとっても要ですから最後まで守られるでしょうけど、クロくんは消し飛びますよね」

「彼は影だ。剣の力で再現された肉体が消滅しても、剣に還る」

「正当な手順でなく消滅した後、再現されたクロくんは、私の知る彼とは違うのでしょう？」

「……」

プリシアは否定しなかった。

クロという少年は【神影剣《ザイン・シェーダ》】に残った使用者の残滓に肉体を与えた使い魔のような存在だ。人間のように食事も取れるし眠れもするが、本質的に人間ではなく、魂も無い。剣が創り出した仮初《かりそ》めの肉体が破壊されれば、彼はもう戻らない。それをスピーシィは見抜いていた。

「責めませんよ。貴女は正しい」

しかし、そのことをスピーシィは責めない。

「言うなれば使い魔のような彼と、生きている皆の命は比較できない。彼のためだけに、他の罪なき民達を危険にさらすなんてありえない」

スピーシィはプリシアを肯定する。彼女の判断、その正しさを認める。それでこそ、自分が憧れ、憎んだ女なのだから。

「でも、知ってるでしょう？」

そしてその上で、彼女は心底楽しそうに笑った。

「私、正しいだけって嫌いなんですよねえ？」

そう言って、スピーシィは振り返る。

『唖唖唖唖唖唖唖唖唖唖！！！』

目の前には防壁に阻まれ、尚ももがき続ける悪魔がいる。舌を伸ばし、生温かい呼吸を繰り返しながら、目の前で舞うスピーシィを飲み込まんと手を伸ばしていた。

「スピーシィ！」

「大丈夫ですよっと…………さてさて、手間のかかる騎士様ですねえ」

ミーニャの悲鳴に手を振りながら、虚空へと手を伸ばすといつの間にか彼女の手の平には、黒い魔剣が握られていた。クロ少年が使っていたその剣を掲げ、悪魔へとその切っ先を向けると、唱える。

「【剣よ、力の下へと導け】――」

『唖唖唖唖唖唖唖唖唖唖唖唖唖唖唖唖！！！！』

そして次の瞬間、皆が見守る最中、スピーシィは悪魔に一飲みされてしまったのだった。

◆◆◆

騎士になりたかった。

魔術を使えて、魔獣達を退けて、人々を助ける夢物語のような騎士に少年はなりたかった。子供のようなその夢は、まさしく夢のようにあっけなく溶けて消えた。貴族の血を引かぬ少年に魔術の才能は無く、故に騎士にはなれない。

ソレは当たり前の話だ。差別ではなく、必要な区別だ。魔術を使えない者には魔獣達を退けることはできない。奈落《アビス》の底、悪魔が開けた穴から湧き出る魔獣達はあまりにも危険だ。魔術を使えない者が太刀打《たちう》ちできるようなものではない。それでも少年は憧れて、剣を振って騎士の真似事をしようとしたが、やはり上手くはいかなかった。

剣は上手く振れるようになったが、剣は剣だ。魔術のように熱くも速くもない。山のように巨大な魔獣には勝てないし、風のような魔獣には追いつけない。少年は誰からも必要とはされなかった。

——君には力が無い。

——下がっていてくれ、危なっかしい。

——ごっこ遊びなんてみっともない。

当たり前のことだった。翼の無いものが空を飛べないのと同じだ。できもしないことをしようとしたところで、誰からも理解されず疎ましがられるのは必然だった。それでもなお、騎士にこだわる少年の執念が異常だったのだ。

その衝動はどこから来たのだろうか。村の外へと遊びに出た帰り道、故郷がまるごと奈落《アビス》へと落ちたのを目の当たりにしたことへの復讐心《ふくしゅうしん》だろうか。家族や友達を誰一人守れなかった無力な自分への憤怒だろうか。

それは誰にも分からない。もう少年の話は終わったことなのだから。

力を求め続けた少年は〝神の残した剣〟を見つけ出し、それに触れた。適性無き彼は、そのまま剣の力に飲み込まれ影の力を纏い暴れる獣となって誰彼かまわず襲う厄災と成り果てた。

――すまなかった。半端なことをして、君を呪ってしまった。

そう言って悲しそうな顔をして自分を討ったのが、旅の最中戯れに剣を教えてくれた騎士だったのは、どちらに対しての罰だったのだろうか。

ともあれ、そうして少年は終わった。力を求め藻掻き溺れ、そして散る。ありきたりな末路だ。

クロは改めてそう思う。

正直思い返したくもなかったのだが、〝この場所〟ではいつまでもそれが再生されるのだから仕方がない。後は自分という存在が悪魔の中で溶けるか、外の〝主〟がその力でもって悪魔ごと砕いてくれるのを祈るばかりなのだが――

「たとえ結果に繋がらなくとも、その行程は無為《むい》とは思いませんけどね」

「――なんでここにいるんですか、貴女は」

クロはいつの間にか自分の隣で過去を眺めていたスピーシィにぎょっとなった。

「クロくんお元気そうで何より――あら、制服じゃなくなってる。残念」

「質問の答えは？」

「私が悪魔の中に飛び込んだからですねー。剣を導《しるべ》にしてこの〝結界〟の中へ」

そう言ってクロの前に掲げた剣はたしかにクロが依《よ》り代《しろ》とする【魔剣】だった。なるほど、これを持っていれば〝ここ〟に入れる…………が、結果論にすぎない。失敗していればそのまま悪魔に昇華されて神の下へ召されていただろう。

「…………バカなんですか貴女は」

「あら、気付きませんでした？　私、相当なバカですよ？」

「そうですね。そうでした。そのようです」

クロは頭をかきながら溜息をつく。

二人がいるのはクロが展開した──というよりも、【神影剣《ザイン・シェーダ》】としての力が悪魔に取り込まれることを拒絶し、反射のように発生した──【結界】の中だった。クロも意図せずに創り出された不可思議で真っ暗な空間の中では、時折灯火《ともしび》のような光が点《とも》る。その中でクロに似た少年の旅路とその果てが映し出され、不意に消える。かと思えばまた光が点り、別の誰かの人生の過程が点る。

「クロくんのだけじゃないのですねえ。アレ」

「……正確に言えば、あの少年も俺ではないですがね。俺を構成する多くではあるのでしょうが」

仮初《かりそ》めの肉体を創り出す上で創り出された影法師が、たまたまあの少年を多く内包していたというだけで、全てではない。だから正直言って、クロにとって彼の人生は自分のことであると同時に他人事《ひとごと》でもある。

「だから、俺のことは気遣わなくてもいいんです。それよりも、今は貴女だ」

そう言って、クロはスピーシィを改めて見る。本当に彼女は悪魔の中にいる。悪魔がクロを操るために創り出した幻影の類いではないらしい。その事実を確認し、クロは深々と溜息を吐き出した。

「貴女は本当に無茶苦茶《むちゃくちゃ》だ。こんなところまで来てしまうとは」

「えーせっかく助けに来たのに何ちょっと引いちゃってるんです？　ちゃんと褒めてください」

「さすがですプリンセス。貴女の破天荒さに私はドキドキが止まりません」

「あれ、褒めてますそれ？」

「褒めています褒めています。……それで、どうするのです？」

この結界の中で、クロだって何かしようとあがかなかったわけではない。が、しかしクロには何もできなかった。結界の維持でほとんど全ての力が奪われていたためだ。さりとて結界の外に出れば、悪魔との契約者でもない自分では即座に悪魔に吸収されてしまうだろう。

しかし、スピーシィがいくら優秀な魔術師だったとて、彼女に同行できる状況であるとも思えなかった。

「たしかに、私にもできることはほとんどありません。悪魔に魔術は通じませんし」

魔獣であれば魔術は通じるが、悪魔には通じない。どんな攻撃もすり抜けてしまう。肉体を持ったとしてもロクに通用することはない。スピーシィが魔術師として優れていたとしても、優れているならばなおのこと通じない。

「というわけでクロくん、貴方が選べるのは二つ……いえ、一つの選択肢しかありません」

「こういうのって、二つくらいから選択できるものでは？」

「だって、時間が無いんですもの。ほら」

スピーシィが空を指さす。やはり真っ黒な空間の真っ黒な空だったが、よく見れば幾つかのひび割れが走っているのが見えた。結界が限界を迎えている。

「もうこの場所も保てない、となると打って出るしかないですね……」

「ですが、本物の悪魔に魔術は通じません。通用するのは神々の残した影のみ。そしてその力は貴方しか持っていない」

「はい」

そこまでは分かる。だが、クロが使える力なんて限られる。クロの本質は「戦う者」ではなく、「力を与える武器」だからだ。自分を構成する影法師の記憶を取り出して戦うようなことはできるがソレは本質ではない。使い手の主がいて、初めてクロはその力の本質を発揮できる。

しかし、今の主であるプリシアは悪魔の外だ。故にここから脱出するのは難しい――

「だから、貴方をベースにして新たなる【神影武器】を鍛造します！」

――と、思っていたらとんでもないことを魔女は言い出した。

「で、その武器と私が契約《サイン》してどかーんと一発外に出てみましょうか」

「そ、んなこと……できるの、ですか？」

思わずカタコトになりながら尋ねる。するとスピーシィはにっこりと笑った。

「さあ？」

「さあ……って」

何度目かになる「マジかこの女」という感想を口から零さぬようクロは必死だった。

【神影剣《ザイン・シェーダ》】の断片もある。〝神の影〟そのものである貴方はここに在り、悪魔が蓄えた膨大な魔力もある。やれないことはないでしょうが、何せ初めてのことですからねえ」

「それはそうでしょう」

ベースがあるとはいえ、神の残した武器を作り直すなんて所業、前例が無い。最初に神の影を造り直した王達以外に、試みた者などいないだろう。

「まあ、多分大丈夫ですよ」

スピーシィはそう言うが、いかに彼女が卓越した魔術師であろうとも、簡単にできることではない。ないとは思うのだが――

「プリシアの剣だけは、詳しいんですよ？　私。何度もぶっ飛ばされたので」

その一点に関しては、凄まじい説得力があった。

◆◆◆

「ということは、俺の正体についてとっくに気付いていたのですね」

「確信したのは、造られた肉体で食事を自然と取ることができた時ですけど」

「つまりほぼ最初からと」

言葉を交わしながらスピーシィは瞬く間に魔法陣を手際よく刻み込んでいく。上下左右も地面も無い、不可思議な空間だったが、その奇妙な空間をも利用して彼女は立体的な魔法陣を描ききった。

その中心に二人は立つ。

「さて、クロくん」

「はい」

二人の間には黒い魔剣――【神影剣《ザイン・シェーダ》】の断片が浮かぶ。それをはさんで二人は言葉を交わしていく。

「覚悟はよろしいですか？」

「選択肢はないのでしょう？」

やらなければ死ぬだけだ。スピーシィが言ったとおり、選択肢は一つだけ。今更問うだなんて意

味の無いことだと、クロはそう思った。しかしスピーシィは首を横に振ると、

「先ほどは言いかけましたが――死ぬ選択肢もありですよ？」

そんなことを言い出した。

「それは……」

「だってまあ、契約《サイン》すれば、今仕えてる主を裏切ることになるでしょうし？　クロくん的に、死ぬ方が良いかもなーって思ったなら、それもありですよ？」

生前、といってもいいのかは怪しいが、かつてのクロを形作った少年は騎士に憧れ、騎士を目指し、そして騎士とはなれなかった。そのこだわり、執念のようなものはクロの今の肉体が形作られたとき、たしかにそこに残っている。それは否定しがたい事実だった。

たしかに、その信条を思えば今主として仕えているプリシアを裏切るのは、忌避感を覚えるかと言われればそれもまた事実だ。しかし、

「でもそうしたら、貴女は死にますよ!?」

そう、もしもそちらを選ぶとなると、スピーシィは確実に死ぬ。

勿論、スピーシィに協力したとて、上手くいく可能性の方が低いとはいえゼロではない。だがクロが拒絶すれば完全にゼロだ。だというのに、スピーシィがその選択肢を提案してくるのは解せなかった。まるで、自分が死んでもいいとでも言うかのように――

「実は私、どっちでもいいんですよねえ」

そしてその疑念を、スピーシィはそのまま肯定した。

「――……」

「生きるも死ぬも、苦楽はどちらにもあるでしょう？」

スピーシィはいつものように微笑みながら語る。生死はどちらも等しいと。どちらも楽しく、どちらも苦しいと断言する。それは諦めとも死にたがりとも違う、悟りのようなものだった。

「生きることに、私は怠惰です。どちらでも私はかまわないんですよ」

結界の闇の中で不意にまた光が点る。狭い狭い部屋の中で、病で身体がボロボロになった一人の少女が、誰にも触れられず、救われず、苦しみ続けている姿が映し出される。朦朧《もうろう》とした少女が虚空へと伸ばした骨のように細く、ただれた手を誰も握ってはくれなかった。

そこから自ら抜け出した今も、このときの経験は彼女の死生観を強烈に形作った。死も生も等価であると。その異端を理解しているから、彼女はこうして軽快に笑っている。

「私は人間として不出来な碌《ろく》でなしなので、立派なプリシアに背いてまで私についてこなくてもいいと思うんですけど、どうです？」

「…………」

クロはほんの少しだけ、彼女へとかける言葉を選ぶために沈黙する。そして、

「存外、かわいらしいことをおっしゃいますね」

クロは試すようなことを言う少女へと微笑みかけた。

「俺は所詮騎士もどきです。ですが、それでも分かっていることはありますよ」

スピーシィの手を、クロは優しく手に取る。

「形にこだわって、自分を助けようとこんなところまで来てくれた人を見殺しにすることは、騎士道以前に人の道に反します」

手折れてしまいそうなほどに、それは白く細かった。クロは決して傷つけたりしないよう、その指先にそっと口づける。

「これは貴女に、生きるという苦難を与えてしまうことになるかもしれません。ですがどうか私に貴女を助けさせてください。スピーシィ様」

敬意と親愛を込めてクロはスピーシィへと深く頭を下げ、しばしの沈黙が流れた。その間、決してクロは顔を上げず、彼女の言葉を待った。

「――よくってよ」

こうして、まがいの騎士と怠惰の姫の新たなる契約《サイン》は交わされた。

そしてこのときの怠惰の姫君の表情は、誰一人知ることのない秘密となったのだった。

◆◆◆

「恐れ多くも偉大なる神の残影に触れることをお赦しください。この悪徳をどうかお見過ごしください。その慈悲をお与えください」

影の魔剣を前にして、真っ先にスピーシィが行ったのは、呪文の詠唱でも儀式《サイン》でもなく、両手を合わせた祈りであった。それは精神を介した魔術である【祈禱《ブレス》】でなく、純然たる去っていった神への祈りであり、プリシアが捧げたものと同じだった。対極にある二人の数少ない共通点の一つが、神への敬意だった。

既にこの世界に神はおらず、祈ったとて届くことはない。しかし決して、スピーシィはそれを欠

かすことはしなかった。そして、

「【解析続行《アスリア》・分解開始《ソリュウス》・再鍛造開始《リファクトリア》】」

影の魔剣が宙を回り、輝き、解《ほど》けていく。ほぼ同時に、スピーシィと向き合うクロ自身の身体も同じように解け、二つが混じり合い新たなる形を構築していく。

「【新たなる形をここに】」

新たなる神の武器の創造。神話の時代にしか起こり得ないその奇跡が奏でられる――――だが、

『――――啞啞啞啞啞啞啞啞啞啞啞啞啞』

「あら、今頃気付きましたか？」

当然ながら、自分の腹の中で、自分にとって厄災に等しい代物が創り出されるという屈辱を悪魔が認めるはずもない。砕けかけていた暗闇、その結界が一気に砕け、そこから無数の悪魔が落下してくる。

【塔】を肉体として実体化したものと比べれば小さいが、それでも一つ一つが数メートルはあろう悪魔が、無数に落ちてくる光景は悍ましかった。

「――――」

未だ武器は完成へと至らず、悪魔達が落ちてくる速度の方が遥かに速い。まもなくスピーシィ達へと食らいつこうとしていた。

「でも、残念」

『啞!?』

しかし、スピーシィを叩き潰す寸前、落下していた悪魔の身体がピタリと停止した。至近の悪魔

のみならず、次々と落ちてくる悪魔達のことごとくが空中で停止する。

「あのバカ男に献げられて、随分と魔力を喰らったのでしょう？　であれば、こうしないと不公平ですよね？」

　スピーシィが指を鳴らす。

『啞啞啞啞啞!?』

　途端に、悪魔達の身体が石のように色を失っていく。脚や腕も、石のように固まっていく。グラストールという国そのものを滅ぼそうとした災厄。【停滞の病】が今、悪魔達の身体に発生していた。

「ここに飛び込む前に、休眠中の魔素《マナ》を貴方に集めました。普通なら選別は難しいですが、今のこの国なら容易ですしね」

　肉体を得た以上、悪魔といえどもこの世界の摂理、魔素《マナ》が引き起こす現象から逃れることはできない。どれだけ魔力を蓄えていようとも、休眠中の魔素《マナ》を取り込みすぎれば肉体がそれに引きずられるのは避けられない道理だった。

「ツケは払いましょうね？　悪魔さん？」

『啞啞啞啞啞啞啞啞……！！！』

　怒りに満ちた声をあげるが、そうして伸ばされた手も足も何もかも、土気色に変わっていく。この国の国民達がそうなったのと同じように、悪魔自身が何もできなくなっていく。

　石のように変わって動けなくなった悪魔達から、もう興味が無くなったというようにスピーシィは目を背ける。そして振り返ると、

『スピーシィ様』

新たなる剣がそこにあった。

もともとクロが持っていた魔剣とは形が異なっていた。直剣というよりも短剣に近い。漆黒の刀身に金色の文様が刻まれていた。スピーシィはそれを迷わず手に取って掲げ、呟《つぶや》いた。

「うーん、ちょっと重いですね。もちっと軽くなりません？　クロくん」

その言葉に、呆《あき》れたような溜息が返ってきたのは気のせいではないだろう。

『では、このように』

再び剣の形は解けた。そして今度はスピーシィが手に持った杖に形はまとまり、そして一つに整っていく。

「あら、素敵」

黒の杖芯に金色の美しい模様が刻まれたそれを、スピーシィは微笑みながら受け取ると、今度こそまっすぐにそれを掲げる。

「【神影杖《マギカ・シェーダ》】【神影剣再現《ザイン・リフレイ》】」

その杖を中心に巨大な黒い剣が出現した。現実ではありえない、神々しくも美しい影の剣を掲げたスピーシィは、躊躇《ためら》うことなく、

「えいっ♡」

気の抜けたかけ声と共に、それを軽やかに横薙《な》ぎに振るった。

◆◆◆

「スピーシィ……」

外の世界でも異常は起こっていた。先程まで暴れ狂っていた悪魔が徐々にその動きを鈍くさせていったのだ。その悍ましい身体が変色し、石ころのように変わっていく。それが【停滞の病】による症状であり、スピーシィが何かしでかしたのだということはすぐに分かった。

が、当のスピーシィはまだ出てこない。ミーニャは祈るように手を合わせるが、何が起こるかも分からず騎士達は囲みながらも対処できずにいた。しかし、固まっていた悪魔の肉体も徐々に回復する。そうすれば、もう用意された防壁は保たない。

「――――来たな」

そんな中、唯一冷静だったプリシアだけが、不意に顔を上げると前に進み出た。そして剣を構える。

「ちょっと！」

「分かっている、下がれ」

中にまだ二人がいる。そう訴えようとするミーニャの肩を掴《つか》み、背後の騎士に預ける。そして動きの鈍くなった悪魔へと剣を構え、そのまま即座にそれを縦に振るった。

「まったく手間をかけさせる――――【神影剣《ザイン・シェーダ》】」

「【神影剣再現《ザイン・リフレイ》】」

悪魔の内側から横一線が奔《はし》るのと、プリシアの縦一線が奔るのはほぼ同時だった。悪魔からは血は出なかった。代わりに飛び出したのは黒い影を纏った杖を構えた魔女であり、するとそのままプリシアの横で身を翻し、肉体を引き裂かれた悪魔へと向き直る。

「あら、律儀に待ってたんですか？」

「次は無いぞ」

二人のやりとりは短く、そのまま二人は剣と杖を構え、その力を尚も身を捩《ねじ》るようにして逃れようとする悪魔へと向けた。

「「【奈落《アビス》へと還れ】」」

重なった二つの影は悪魔を飲み込んだ。断末魔の声も無かった。悪魔の肉体は弾け飛び、石のようになった身体は砕けて落ちる。そこにもはや力は感じられない。悪魔の生態を真に理解できている者など誰もいないが、それでも悪魔が死んだということだけは全員が理解した。

顕現した悪魔を正面から打ち倒す。歴史を遡っても類を見ない偉業が達成された——の、だが、

「はーまあ、こんなもんですかねえ。悪魔としてそれなりだったのかしら？」

「どうでもいい。騎士達よ。被害の確認へ移れ。悪魔の状態も確認しろ」

それを成し遂げた当人達は、至極あっさりとしていた。結果として歓声をあげる暇も無く、周囲の者達は二人を呆然《ぼうぜん》と眺めていたが。

「スピーシィ!!」

「あら、ミーニおご!?」

一人、ミーニャだけが飛び出して、スピーシィを抱きしめた。若干良い感じにブローに衝撃が入ったのか、苦しそうにスピーシィはジタバタしていたが、

「生きてて、よかった……！」

ミーニャがそう言って、少し泣きながら安堵している様子を見て、何か少し悩むようにしながら

も、諦めたように力を抜いて、

「そうですねえ……」

そう言って優しく、彼女を抱きしめ返したのだった。

◆◆◆

心地のよい夢を見ていた気がする。

全てのしがらみが無くなって、圧倒的な万能感に包まれながら、全てを破壊し尽くす、最高の夢だった。物心ついてから、ずっと心について回った不安と恐怖が全て拭い去られるような、まさに夢心地だった。

「――――く、生きて――ね」

「巻き込――――すような間抜けは――――――――責任を――――――」

だが、夢は夢だ。夢は覚めるものだ。

「……う、うう……」

ローフェンは呻き声をあげながら、眼を開いた。

全身が怠《だる》かった。痛みは無いが、全身が水の中に浸っているように重たかった。そして眼の調子がおかしい。眼を開いても、光が眩しすぎて前が見えない。まるで深い闇の中でずっと彷徨《さまよ》っていたように、瞳が光への耐性を失っていた。

それでもなんとか、徐々に視界が回復していく。ぼやけていた視界が徐々に鮮明になり、像が形を結び始めた。

「おはようございます元婚約者様」

そして目の前に元婚約者の女がいることに、ようやく気がついた。

「こ、こは……」

陥没した大通りの上で、ローフェンは地面に倒れていた。普段身につけている豪奢《ごうしゃ》な王衣も無く、裸だった。身を護るものは何も無い。そして彼の周りをプリシアや騎士達が取り囲んでいた。

しかし、王である自分が無事だったにも拘《かか》わらず、彼らの視線は冷ややかだった。過ちを咎《とが》める父の視線と同じだった。身が竦《すく》んだ。だが身を護るものも、隠れる場所も無かった。

唯一、目の前のスピーシィだけが微笑みを浮かべている。

ローフェンは荒く息を吐いて、そして震える指で、スピーシィを指して、

「君のせいだ」

言い逃れの言葉を口にした。

「僕は悪くない！　悪魔はこの魔女が呼んだ！　僕は対処しようと必死だった！」

その場にいる全員に向けた言い訳だった。

憐れっぽく、真剣に聞こえる声だった。ここが玉座であれば、真剣に耳を傾ける者もいただろう。だがここは玉座ではなく、緋色《ひいろ》の外套《がいとう》も煌《きら》びやかな王冠も持たない彼の言葉は、あまりにも貧相だった。

彼に魔女と呼ばれたスピーシィは、逃げようとも言い訳をしようともしなかった。少し退屈そうにしながらも「うんうん」と頷いた。そして、

「と、おっしゃっておりますが」

ローフェンのパートナーであるプリシアに視線を向けた。なぜか懐かしい学生服を身に纏ったプリシアは、冷ややかな視線をローフェンに向けた。氷のような視線を向けられたローフェンは、それでも喋《しゃべ》るのは止められなかった。

「プリシア!! ぼさっとしてないで僕を助けてくれ!! 騎士達も! この女を捕まえろ!」

しかし、その訴えにプリシアは応じなかった。騎士達も彼女に従うように不動のままだ。プリシアはそのまま小さく溜息をついた。

「一番近いところにいながら、お前の闇に気付いてやれなかったことは私の落ち度だ。償いをお前一人に押しつけるつもりはない。が」

そう言って、彼女はスピーシィに視線を移した。

「けじめは付けなければならない。スピーシィ」

「あら、なんですか?」

問われると、プリシアは片手を上げた。すると周囲の騎士達は一斉に兜《かぶと》を脱ぐと、目を瞑《つぶ》り、両耳を塞ぎ始めた。珍妙な動作だったが、更にプリシアもまた、それに続いた。

「私と騎士達の耳と目は一切機能しなくなる。その間に起こったことに関知しない」

これからスピーシィがなにをしようと、自分達は関わらない、と彼女はそう言った。

「いらない気遣い。さて、どうしちゃいましょうか?」

邪魔者がいなくなり、スピーシィは改めて一歩近付いた。ローフェンは息を荒くして周囲を見渡すが、こちらに視線を向ける者は一人もいない。本当に誰一人、何一つとして自分を護るものはないのだと理解した。

目の前には、自分の都合でこの国から追い出した魔女がいる。

「立場上、復讐しても許されるんですかね？　私」

「き、君を追放した首謀者はプリシアだ!!　けじめだの復讐だの！　彼女にすべきだろう！」

「あら、知りませんでした王さま？　私、もうとっくにプリシアに復讐してますよ？」

「へ？」

その言葉の意味を理解できずにローフェンは呆《ほう》ける。スピーシィは続けた。

「仕返しのことを復讐って言うなら、私はもう本当に山ほどプリシア王妃にやってきたって言ってるんですよ。二十年間くらいずーっとやってきましたよ？　やり返されもしましたけどね」

ローフェンはプリシアを見るが、彼女は平然としている。

彼女は王城で暮らしている間、一言もそんなことは言わなかった。だが、そうなのだろうという気がしてきた。勇ましい剣姫としての側面を王城で見せることはほとんどなかったが、しかしなにか問題が起こるとそつなく一人で解決する女だった。

賢《さか》しらに自分の成果を掲げて見せびらかすような女ではなかったし、困難を前に周りをすぐに頼る女でもなかった。ローフェンが虚栄の玉座の上であぐらを掻《か》いている間に、スピーシィとやりあっていたとしても、たしかに彼女は何一つローフェンには言わないだろう。

「嫌なこと、全部プリシアに任せてたから、知らなかったんですね？」

クスクスクスとスピーシィは笑い、更に一歩近付いていく。片手に握られた杖がゆらゆらと蠢く。

彼女の魔術の腕をローフェンは知っている。塔の補助も無くなった今、彼女に敵う道理は無かった。

ローフェンは荒く息を吐き、そして――――スピーシィの足下に縋り付いた。

「あら？」

「ぼ、ぼ、ぼ」

「ぼ？」

「僕が悪かった!!　許してくれ!!」

ひょいと、スピーシィはローフェンの手から逃れるが、ローフェンが彼女の足下に縋り付こうとするのは止めなかった。逃れるように宙に浮遊するスピーシィの足下で、ローフェンは必死に声を絞り出した。

「君のことを本当は想《おも》っていたんだよ!!　だけどあのときはああするしかなかったんだ!!」

二十年前、彼女を王城から、王都からその身一つで追い出した過去をローフェンは謝罪した。さしものスピーシィもさすがに予想しない言葉だったのか、少し驚くように眼を丸くさせた。

「あらまあ……ここまで自己保身に終始されると、感心しますね」

「許してくれ!!　ああそうだ!!　君の無罪を国に告知する!!　君を追い出した悪《あ》しき王妃の罪を明らかにして、君をこの国に戻れるように取り計らおう!!」

二十年間共に過ごしてきたパートナーを生《い》け贄《にえ》にする。そんなことを口憚らず宣言するローフェンの有様は、無惨極まった。騎士達と自分に見聞きを封じたプリシアの指示は的確だった。いくら騎士達が盟約に基づき、王を護ることを義務づけられても、嫌悪と侮蔑はまぬがれることはできないだろう。

「そうすれば！　君が王妃だ!!　プリシアを追い出そう！！！」

「それはそれでちょっと楽しそうですけど……そうですね」

スピーシィはそう言って地面に降りると、ローフェンを立たせた。汗を掻いて、ひしゃげたような笑みを浮かべたローフェンの正面に立ったスピーシィは、彼の肩にそっと触れて優しく微笑みを浮かべた。

「色々と言うべきことはあるはずなんですが、面倒くさいですし一言でまとめましょう」

そしてそのままゆっくりと片手を上げると、そのまま幾つもの強化術《エンチャント》をその手の平に込めた。尋常ならざる光を放ち始めたスピーシィの右手を見て、ローフェンは怖《お》じけ付いたように一歩下がろうとするが、なぜか脚は動かない。そして――

「二十年遅い」

凄まじい炸裂音《さくれつおん》と共に、ローフェン王の頬《ほお》に渾身《こんしん》のビンタが着弾し、彼の身体はきりもみしながら吹っ飛んでいった。

◆◆◆

かくして、グラストールが滅亡の危機に瀕《ひん》した大騒動は終わりを迎えた。

事件後、グラストール全体に広がっていた【停滞の病】は回復していった。

身動き一つ取れなくなっていた病を患った国民たちは、まるで眠りから目覚めたかのように次々と起き上がり、家族たちは歓喜の涙を流した。

一方で、もう助からぬと見切りをつけた者達が、彼らをそのまま埋葬したケースもあった。結果、生き埋めになった患者たちが起き上がる前に掘り出すべく、墓守たちが駆けまわるハメになるような騒動もあった（幸い、病の影響で体が石のように固くなっていたため、傷つくことなく救出はできたが、これにまつわる怪談が生まれたのは別の話である）。

全ての原因は悪魔にあったのだということで、病の究明については決着が付いた。

しかしこの事件でグラストールは【神魔の塔】を失い、無尽の魔力を損なった。

グラストールの衰退は必至と思われていたが、現界した悪魔を正面から打倒した事実と、それを実行した【剣姫プリシア】が、彼女自身が追放した【怠惰の魔女スピーシィ】と共に困難を打ち倒したというセンセーショナルな出来事は、各国に美談として伝わり、病で衰退したグラストールへの支援を望む声が後を絶たなかった。

また、討伐された悪魔を倒す際に出現した幾つもの遺留品を研究材料として望む者も多く、その取引を積極的に行った結果、魔術大国としての失墜と損失は、想定されたよりも少なく収まった。

また、この件で悪魔討伐に尽力したローフェン王は大きく傷を負い、プリシア王妃と入れ替わりで離宮での療養に移った。跡継ぎとされていたマリーン王子が代わりに玉座に就き、プリシアがその後見人として援助する形となったため、王城内でそれほどの混乱は起こらなかった。

王の容態についてはプリシア王妃の悪魔討伐の話と同じくらいの各国の噂の種となった。悪魔と立ち向かい、回復不能な呪いを負ったとも、精神を病んだとも言われているが、全て定かではない。

そんな中、市井《しせい》に広がった噂の一つにこんなものもあった。

怠惰の魔女、スピーシィに張り倒されて顔面に残った平手の痕が、いつまで経《た》っても消えなくて、表に出ることができなくなった、というものだ。

無論、誰もが冗談だと嗤《わら》うような与太《よた》話であったが、しかしなぜかこの噂は他の真実味《しんじつみ》のある噂話よりもずっと広がり、残り続けた。後々、これを元にした寓話《ぐうわ》や格言までも生まれたりもしたのは別の話だ。

ともあれ、グラストール滅亡の危機はこうして回避されることとなったのだった。

終章

EPILOGUE

グラストール王城、執務室にて。


「国民達の病の回復は順調ですか？」

「ええ、なんとか。ですが、やはり病にかかっていた者とそうでない者との意識の違いがあるようで、病で動けぬ間に起きたトラブルが問題になっていたりと騒がしい状態です」

「騎士団に暫《しばら》くは警戒を維持するよう伝えなさい」

「それと、ゴートレイ王国から手紙が来ております」

「中身は？」

「悪魔の遺留品についての情報交換を求めているようです。対価として王都復興の支援を行うと」

王妃プリシアは現在離宮にて療養中であるローフェンに代わり、執務を行っていた。現在王位に就いているのは彼女の息子であるマリーンであるが、彼はまだ十八歳だ。成人には二年早く、二十になったとしてもまだ若い。現状不安定なグラストールの玉座の全てを背負わせるのは厳しい。ということでプリシアが後見人として執務の代役を行っているが、頭の痛い問題は多かった。

部下から渡された手紙の文面に目を通したプリシアは眉をひそめる。

「……足下を見ている金額ですね」

「突っぱねますか」

「かの国とは距離がありますが、西国との交易の中継点。事を荒立てたくはありません」

そう言って、彼女は無地の紙にさらさらと文面を書き出すと蠟《ろう》で封をして、その手紙を部下に渡した。

「今週中に通信水晶による対談の席を設けます。大臣達にも話を通しておいてください」

部下は頷《うなず》き、出て行った。プリシアは小さく息を吐くと、再び自分が処理しなければならない書類との戦闘を開始した。だが、少し筆が鈍い。ここ一ヶ月の間、ほぼ休まず仕事を続けていたためか、随分と疲労が溜《た》まっており、身体《からだ》が休むように訴えていた。

「誰か、お茶を――」

と、頼もうと声をあげたとき、再び執務室の扉が開いた。同時に、心地のよい茶の香りが漂ってきた。絶妙なタイミングで持ち込んできたのは、誰であろう――

「厨房《ちゅうぼう》に頼んで用意させました。母上。少しお休みしませんか？」

「マリーン」

自分の息子であった。

◆◆◆

「良い香りですね。どこの茶葉を？」

「バレンタイン領から取り寄せました。疲労回復、眼精疲労にも良いと」

「……相変わらず、友人付き合いは最悪ですが、良いものを作りますね。あそこは」

「嫌でしたか？」

「いいえ。嫌な女の顔が頭に浮かんだだけです」

プリシアとマリーンは来賓用のテーブルに着き、ティータイムを楽しんでいた。ゆったりとした、悪くない時間だった。ここのところ本当に忙しく、こうして心を落ち着ける時間は少なかった。

これを無駄な時間とは思わない。何せつい最近、こういった交流を疎《おろそ》かにしてきた結果、手痛すぎる失敗を喰《く》らったばかりだ。

「そちらは最近どうですか。このような形で突然王の責務を担わせることになりましたが」

尋ねるとマリーンは微笑《ほほえ》みを浮かべた。キラキラと輝く金色髪と柔和な笑みは、どこか父親に似ていて、プリシアは少し胸が痛んだが表情には出さなかった。

「この程度できなければ、グラストールは背負えませんよ」

「貴方《あなた》には、健全な状態のグラストールを引き継がせたかったのですがね」

「よいのです。何もかも与えられるよりは、やり甲斐《がい》があります」

マリーンはそう言って、こちらに心配をさせまいと腕を叩《たた》く。

良い子に育った。と思うのは親のひいき目だろうか。

相手を気遣える子に育ってくれた、と思う。勿論《もちろん》彼だって、ローフェンに起こった顚末《てんまつ》に思うところが無いわけではないだろう。彼はローフェンの血を引いているのだから、本質的には他人である自分以上に傷ついたはずだ。

それを表には出さない。良い意味で虚栄を使い、相手を心配させまいとしてくれている。何事も過ぎれば毒だが、正しく使う分には良い結果を生むものだ。

「……無理はしてはいないですね？」

とはいえ、心配は心配だった。家族を疑うのは嫌なものだが、しかし嫌なものから目を背けて見ない振りをした、ローフェンの二の舞はご免だ。

そんなプリシアの思いを察してか、マリーンは真剣な表情で頷いた。

「ええ。反面教師が二人もいましたから」

一人はローフェンだろう。ならばもう一人は——

「私もですか？」

「極端でしたが、どちらも問題を誰にも相談しないという点では共通していました」

「……恥ずかしい限りです」

指摘されると、返す言葉もない。事実、スピーシィとの確執の件は、プリシアは夫にも息子にも隠していた。問題が波及するのを恐れて密《ひそ》やかに処理しようと画策していたのだ。

結果的には、スピーシィがまるで容易な相手ではないために、とてつもなく戦いは長引いた。まさか二十年も戦いが続くとは思わず、大きな秘め事になってしまった。

「幸い、僕には友人が多くいます。格好を付けなくても、等身大の自分を好いてくれる友は多い。母上がガルバード魔術学園の状態を改善してくれたおかげですね」

「幼少期のコネクション構築の場所、という側面を否定するつもりはありませんが、あまりにも偏りすぎるのも問題でしたからね」

現在ガルバード魔術学園は政治闘争の場から、本来の魔術の学《まな》び舎《や》としての姿を取り戻しつつある。教師陣の人員整理にも力を入れ、不正や成績操作といった膿《うみ》をプリシアが時間をかけて取り除いていったためだ。

——魔術を学ぶべき場で貴族同士がお喋《しゃべ》りばかりなのは馬鹿馬鹿しい。

と、学生時代言っていたのは誰だったか。逸《そ》れた思考をプリシアは修正した。今は自分の息子と話す時間だ。

「……貴方は、ローフェンの狂乱には気付いていましたか？」

プリシアは踏み込んだ。

未《いま》だプリシアにも、そしておそらくマリーンにとっても、ローフェンという存在は深い傷だ。生々しく胸の中心に刻み込まれている。どれだけプリシアの物理的な戦闘能力が人外の域にあろうとも、触れるのは容易ではない。

だけど、この機会に触れなければ、互いの傷を知らぬまま、見ぬ振りをすることになる。

それだけはいけないと、学んだばかりだ。

「————実を言えば、少し、おかしいとは思っていました」

マリーンもまた、少し痛みを堪《こら》えるような表情でそう告げた。プリシアは目を見開く。

「本当？」

「さすがにあれほどのものとは思いもしませんでしたが」

勿論、全てを察することができていたなら、ここまでの話にはなっていなかった。ローフェンの闇を察せなかった自分の目を節穴だったとプリシアは反省しているが、一方でローフェンの隠蔽工作の巧みさは否定しがたかった。

一見すると問題が無いように見える。

ローフェンの手がけた隠蔽の厄介さはそこだった。十分に精査しなければこの誤魔化《ごまか》しには気付きにくい。

だが、違和感はあったのだとマリーンは言う。

「父上は、私に対しても常に完璧な魔術王として振る舞っていましたが、何かを教えてくれたりすることはありませんでした」

「教える？」

「先駆者は、よほど偏屈か人嫌いでもない限り、その背中を追ってくる未熟者には助言をしたがるものでしょう？」

しかし、ローフェンにはそれが無かった。

彼の前で魔術を披露したとき、あるいは間違いを犯したときでも、積極的に彼がマリーンに対して指導を行おうとしたことはなかった。息子に興味が無い親などいない、なんてことを言うつもりはなかったが、ローフェンの場合はそんな風でもなかった。

演技であっても、父親らしく親愛を言葉にして伝えてきていた。決して興味が無いかと言えばそんなことはなかった。

しかしただ一点、指導という点に関してだけは、まったく積極性が感じられなかった。

「多分、自分に自信が無かったんです。自分の言動に、魔術に、確信が無かった」

誰かにものを教えるという行為には、自分に対する裏付けが必要となる。それは知識であったり経験であったり、このことを伝えても間違いではないのだという確信が無ければ、普通〝指導〟なんてことはできない。

そして、彼にはその自信が無かった。底が抜けていたのだ。

だって、彼が積み上げてきたのは実績ではないのだから。ただただ虚《うつ》ろな虚栄だ。

自信が積み上がるはずがなかったのだ。

「こんなことがあって、振り返ってみると、魔術以外でも僕は父上から何かを指導してもらったり、逆に怒られたりすることがほとんど無かった。きっと、口にはできなかったんだなって」

自分にまったく自信が無いのに、説教はできないだろう。相手に教えを説くには形はどうあれ傲慢さは必要不可欠だ。父にはそれが無かったのだ。

それは、マリーンにとって哀《かな》しいことだった。

自分の父親が偉大であるというのは、気後れすることはあっても誇り高いものだ。そうであって欲しいと望むのは子供の心情だ。実体がそうでないのは哀しい。

彼の痛みをプリシアは分かってやれない。彼女が受けた傷はそれとは種類が違う。

「……それだけではないと思います」

だから、プリシアができるのは、自分の知ってることを伝えることだけだ。

「と、いうと？」

「ローフェンは、幼い頃、貴方の祖父から厳しい指導を受けています。ああいうことはしたくないと、彼が漏らしていたのを聞いたことがあります……優しさであったのかもしれません」

それは、都合が良い考えだろうか。ローフェンという男が、なにもかも取り繕って、何一つとして実体を持たない空っぽの男ではなかったと都合良く信じたい自分のエゴだろうか。

だが、もしそうであっても、息子の心を少しでも慰めてくれるなら、それも良い。これもまた、一つの虚栄だろうか。

そんな、彼女の心を察してか「ありがとうございます」とマリーンは微笑んだ。そしてそのまま母に尋ねる。

「母上は父上を愛していましたか？」

「ああなるまで嫌いではありませんでしたよ。本人は演じていただけかもしれませんが、気の優しい王として振る舞う彼の姿は、不快ではありませんでした」

その本性がどうしようもなかったとしても、夫婦として心通わせてきた日々の全てを否定するのは容易《たやす》くない。プリシアにとって国王との婚約は国を護《まも》るために必要な儀式でしかなかったが、さりとて完全に自分の心を殺すことはできない。

情を一切断つのは難しい。そうでなければマリーンは産まれてない。

「演技でも、優しく振る舞えるのは美徳だと思います」

「ええ、本当に。彼がその美徳を正しく使えなかったのが残念です」

現在、ローフェンは離宮にて療養している。悪魔を地上に呼び出した罪を考えれば、本来であれば極刑もやむなしと言える罪であるが、グラストールという国を維持する上で、彼の罪を問うわけにはいかなかった。

だが、彼はもう政治の舞台に立つことはできないだろう。というよりも、プリシアがそれを許さない。彼は責任ある場所に立ってはいけない人間だ。

この一ヶ月の間に、幾度か面会をしたが、彼は気が抜けたようになっていた。生返事ばかりだった。しかしそれでも、ようやく彼とマトモに会話できた気がした。

「もっと最初から、こうして会話できていれば違ったのでしょうか？」

「難しいですね」

意味の無い〝もしも〟の話だった。疲れているせいだろうか。あるいは気の許せる身内を前にしているからだろうか。泣き言が漏れてしまった。

「ですが、ご安心ください。母上が楽をできるよう、どんどん仕事を覚えますから!!」

それを察してか、マリーンは力強く胸を叩いた。相手の心情を察して、望む言葉を告げる。息子は父の悪いところを継がず、良いところを受け継いだようだった。

本当に喜ばしいことだ。しかし、

「頼もしいですが、本当に無理はしないでくださいよ？」

「無理だなんてとんでもない！　安心してください!!　そして——」

そう言って、マリーンは力強く握りこぶしをつくって宣言した。

「母上にまた、魔女スピーシィ様と一緒に大活躍してもらいたいのです!!!」

プリシアは眉をひそめて訝《いぶか》しんだ。

「…………マリーン？」

「いやあ……実は僕、物語の英雄譚《たん》が大好きで！　直接拝見したいとは思っていたのですが、まさか自分の母が伝説上の悪魔を正面切って打ち倒すだなんて！！！」

「マリーン、マリーン落ち着きなさい」

「そんな母上が王務で書類に埋もれるだけの人生で終わるだなんてもったいない!!　母上には第二

の人生を歩んでもらわなければ！！！」

そういえば、子供の頃から彼は自分に昔の英雄譚を読んでもらうのが好きだった気がする。それも、幼児向けの童話の類いではなく、読書家が好むようなごんぶとの本。それを抱えて読み聞かせるのは困難を極めた記憶があったが、どうやらこの年齢になってもその嗜好はまったく変わっていないらしい。

「安心してください!!　今後の母上の伝説は全部僕が記録して出版します！！！　悪魔殺しの英雄伝説を元に観光業で荒稼ぎです!!」

どころか悪化している気がする。

悪魔討伐の一件は、世界を見渡してもほとんど例の無い出来事であるから、その一件を利用して復興を盛り立てるという彼の発想はたしかに間違っていないといえばそうだ。そう……なのだが、正直少し不安というか、これは大丈夫なのだろうか。父親とはまったく別の形で、なにかどでかいやらかしをしそうな気がしてならない。

「あ、ところで母上」

「なんです」

興奮状態のまま、マリーンは振り返った。さてこの息子は何を言い出すんだろうか、と身がまえていると、彼はニッコリと笑って言った。

「悪魔退治のとき、母上はどんな格好をなさっていたのです？　ガイガンから色々と話を聞いたのですが、なぜか装備については頑《かたく》なに教えてくれなくて。やはり英雄譚というものは武器だけでなく防具も伝説上のものでなければ読者が納得――――」

次の瞬間、プリシアが手に持っていたカップが粉みじんに砕け散った。

物理的な力によってではない。彼女の身体の内側から迸《ほとばし》った膨大な魔力によってカップが形を維持できなくなり、粉々になったのだ。マリーンは笑顔のまま固まった。プリシアはゆらりと立ち上がると、窓に寄りかかり、顔を背けたまま、短く告げた。

「――――今の質問を二度とするな。よいな」

「はい」

剣姫モードの母を前に、マリーンは一切の口答え無くそれを承諾した。

◆◆◆

少し未来の話になるが、それから数年の後マリーンは正式に玉座に就いた。

彼は先代の魔術王のように魔術に対して明るくはなく、また民衆から望まれた神魔の塔の再建も「あれは魔術王が全盛期の頃にできた奇跡であり、再現は困難」と断じたことで不満の声もあがったが、基本的に善政を敷き、停滞の病で受けた損害については惜しみなく国から補助を出したため、不満は抑えられた。

そして無尽の魔力を失った補塡《ほてん》をするように、剣姫プリシアの悪魔退治伝説を大きく喧伝《けんでん》し、それを演劇などの興行として広めることで国外からの関心を誘い、観光業を盛り立てた。それまでとは別の形で国を盛り立てることに成功を果たしたのだ。

伝統あるグラストールの文化に対して破壊的だ、と不満が漏れることもあったものの、おおよそ彼の政策は成功を収めたと言えるだろう。

ただし、調子に乗って建築しようとした剣姫プリシアと魔女スピーシィの純金像に関しては（主に身内からの）激しい反対意見によって頓挫したのは、彼の人生における小さな汚点として残ることとなったのだった。

◆◆◆

停滞の悪魔討伐事件から一ヶ月後。


クロスハート領。

「ああ、なんてこと……なんてことだ……!!」

グラストール王国の大貴族、クロスハート家の屋敷の執務室にて、呻《うめ》き声が響き続けていた。声の主は部屋の主《あるじ》だ。現クロスハート家当主であるスザイン・メイレ・クロスハートだった。

彼はくしゃくしゃと髪を掻《か》きむしりながら、呻き続ける。テーブルの前には無数の手紙が広げられている。その幾つかは手の平でくしゃくしゃに潰されていた。

「まさか、今頃になってこんなことになるなんて……！」

彼が苦しんでいる理由は明確だった。二十年前、彼らが切り捨てた因果が、巡り巡って自分達を刺し貫いてきたからだ。

「お兄様!!　どういうことですかこれは！！！」

執務室の扉が開かれる。スザインはくぼんだ目で力無くそちらを睨《にら》むと、そこには身内の姿があった。

「スラーシャ」

レイスト家に嫁いだ妹、スラーシャだった。濃い香水と強い酒の混じり合ったような匂いが疲労したスザインの鼻孔を刺激して気分が悪くなった。夫や子供達を無視して放蕩《ほうとう》に耽《ふけ》っているという話は聞いていたが、どうやら〝こうなる〟までも遊び耽っていたらしい。

「私の家にも沢山の騎士が来たわ!! 我が物顔で部屋を漁《あさ》られたのよ!!! 汚らしい手で!」

が、遊んでもいられなくなったのだろう。彼女は紅のついた真っ赤な唇を歪《ゆが》めながら、スザインに喚《わめ》き散らした。スザインは苛立《いらだ》ちながらも顔を上げた。何の役にも立たないくせに、トラブルが起こると真っ先に喚き出すのにはうんざりした。

「……【神魔の塔】だ。アレの建造にはクロスハートも関わっていた」

クロスハートとグラストール王家の関わりは二十年前から深くなった。

婚約者であるスピーシィの排除はプリシア王妃の主導で行われた。結果として血縁上の繋《つな》がりは得られなかったが、その裏で密約が結ばれ、より強固な関係となった。そしてその幾つかは、発端となったプリシアにすら知らされないようなものもあった。

神魔の塔の建造がまさにそれだ。

プリシアの眼《め》から隠れて、ローフェン王に提案された塔建造の裏の計画。【悪魔】の利用にクロスハートは関わり、そしてその結果莫大《ばくだい》な利益を獲得した。グラストール王国の繁栄を、クロスハート家はたっぷりと享受したのだ。

そして、その対価を今頃になって支払わされようとしている。

「アレは悪魔の仕業でしょう!?　そういうことになったはずよ!!」

「そんな言い訳が通じるわけがないだろう……」

馬鹿が、と罵倒しそうになるのをスザインは寸前のところで抑える。直接的に罵倒すれば彼女は泣き喚きながら更にけたたましく囀《さえず》るだろう。今のスザインには耐えられない。

ローフェン王は失脚した。つまり現在、王城を支配しているのはプリシア王妃だ。彼女はスピーシィを追い落としたように清濁を併せ呑《の》む器がある。国の利益となるというのなら、多少の闇は見過ごす程度の融通は利かせてくれる。

が、一方で彼女は護国の化身だ。国が滅ぶほどの闇を彼女は決して許しはしない。

そして、【塔】の一件は間違いなく、国が滅びかねないほどの闇だ。事実としてグラストールは停滞の病で滅びかけたのだから。

国民に対しては塔の実情の一切を彼女は漏らさなかった。一方でこのひと月の間、あの塔に関わったと思われる者達を彼女は徹底的に洗い出し、厳しく追及を続けている。その結果が、今スザインの机に広がる大量の手紙達だ。

彼に繋がっていた、あるいは今も繋がっている者達から助けを求める声や、彼を罵る声が山のように積もっている。スザインは頭が痛かった。

彼らが一斉にスザインに向かって声をあげた理由もまた、明確だ。何せ今回の一件を明るみにしたのはプリシア王妃と、そして――

「スピーシィ……!!　忌々しい……!!　なんで死ななかったのあの女……!!」

実の姉に対して、スラーシャは怨嗟《えんさ》の声を喚いた。

あまりにも残酷な、あるいは恥知らずな言葉だったが、スザインも同意見だった。

スザインにとっても実の妹であるスピーシィ。身内の誰からも忌々しく思われ、最後にはクロスハートからもグラストール王国からも追い出された憐《あわ》れなる女が、二十年の時を超えて報復してきたのだ。

なぜ追放されたはずの彼女が、追放した本人であるプリシアと協力することになったかの詳細をスザイン達は知らない。分かっているのは、彼女が再び自分達を脅かしたという事実だ。

「早くあの馬鹿女をなんとかしてよ、お兄様!!」

勝手に喚き散らす妹を殴りたくなるような衝動に駆られるが、その気力も湧かなかった。彼女の言うとおり、なんとかしなければならないのは事実ではあるが、手詰まりなのだ。

そうでなければ、執務室に引きこもってスザインは頭を抱えたりしていない。

せめてローフェン王が健在であればよかったのだが、彼は既に離宮に療養という題目で軟禁状態だ。もはや打つ手は――――

「――――ああ、ああ、お労《いたわ》しい」

そのときだ。不意に、耳に纏《まと》わり付《つ》くような湿り気を帯びた声が、執務室に響いた。スラーシャはギョッと飛び退《との》く。彼女の背後の扉の前に、いつの間にか音も無く、新たな来訪客がやってきていた。

「なんだ、貴様……」

奇妙な格好をした女だった。無数の装飾を首から提げ、素肌を晒《さら》すような挑発的な格好は娼婦《しょうふ》のようにも見える。肌には無数の刺青《いれずみ》が刻まれた若い女。いや、若いとは言ったが、そもそも年齢も定かではない。若く幼い子供のようにも、熟年の娼婦のようにも見える。

彼女はスザインに対して恭しく頭を下げて、微笑みを浮かべた。

「私めはしがない商人にございます。お訪ねして門で待っていたのですが、何やらただ事ではない事態であるご様子で、いても立ってもいられずにこうしてやって参りました」

「何者か知らぬが、失《う》せろ。というか警備は何をしている……！」

こんな、あからさまに妖しい女を自分の前に招くほどクロスハート家の警護は緩くはないはずだ。なのに当然のようにこの場にいる彼女は、あまりにも危険だった。

すぐに緊急用の呼び鈴を鳴らそうとスザインは手を伸ばすが、それよりも早く、彼の手は女の指に絡め取られた。いつの間にか、目の前まで彼女は迫っていた。

「お待ちになってくださいませ。そしてどうか、こちらをご覧ください」

そう言って、彼女はいつの間にか手に握られていたものをこちらに差し出した。それは、スザインには見覚えの無いものだ。しかし、それが何を意味するのかは一瞬で理解できた。

「そ、れは……」

何の名も、意匠も施されていない一冊の本。

しかし、見れば見るほどに引き寄せられてしまうような、引力を持った本だった。

「今の貴方の苦しみを取り払うものにございます。さあどうか手に取って――」

その言葉に従って、スザインは本に手を伸ばした。

否《いや》、伸ばそうとした。

「────ガッ」

次の瞬間、女の身体から、無数の剣が生えてきた。

「そこまでだ」

スザインが呆然《ぼうぜん》としている隙に、執務室の扉が開け放たれて、中に突撃した無数の戦士達が、女の身体を容赦なく刺し貫いたのだ。腹や胸も容赦なく切り裂いた剣は、女の命を呆気《あっけ》なく奪ったように見えた。

『あ、唖唖……痛い、痛い痛い』

だが、奇妙なことに、身体から血は噴き出さなかった。女は、痛々しい悲鳴をあげるが、その口元にはなぜかスザインに向けたような笑みが残ったままだ。ガクガクと身体を痙攣《けいれん》させながら悲鳴をあげるその女の挙動は、明らかに真っ当なものではなかった。

「禁書所持法違反、取引法違反、その他諸々《もろもろ》の罪で貴様を捕縛する」

そして、開け放たれた扉から、聖なる紋章────【教会】を示すソレが刻まれた鎧《よろい》を身に纏った男がやってきた。男は、悍《おぞ》ましい動きをする女を睨みながら、静かに宣言した。その男の顔に、スザインは見覚えがあった。

「デルダ・ホロ・バ、レンタ、イ、ン……!? 【神影教会】か!!」

神の遺物を信奉し、その敵対者である悪魔達と戦い続ける者達。どの国にも属さぬ者達。その彼らが攻撃したということは────

『ああ、唖唖、悔しい、悔しい』

女が、嘆く。その身体が、声が、身体が変貌を始めた。獣のような手足に羊の頭。人外の、紛れもない悪魔のものに変化していく。部屋の隅でスラーシャが情けない悲鳴をあげた。

『もう少しで、グラストールに大きな穴を空けられたのにぃぃぃぃ』

恨みがましそうに悪魔は喚く。だが、その場から悪魔は動けない。彼女を貫いた騎士達の真っ白な剣が明滅する。その力から逃れられないようだった。

『本当にもう少しだったのに、悔しい、悔しい、悔しいぃぃぃぃぃぃぃぃぃぃぃぃぃぃ』

ボロボロと、悪魔の形が崩れていく。背後にいる魔術師達が魔術を発動し、悪魔の身体を捕縛しようと魔法陣を巡らせるが、しかし崩壊は止まらなかった。白炎騎士団隊長のデルダは忌々しそうにその姿を見つめた。

『【怠惰】に、【憤怒】、唖唖、あの特異点達……次こそ、次こそは――』

そんなことを最後に呟《つぶや》きながら、悪魔は消滅した。騎士達は剣を下ろす。魔術師達は悪魔を取り逃したことに苦々しい表情を浮かべていた。

「……やはり、悪魔の端末の類いか。キリがないな――さて」

デルダも同様に、怒りを滲《にじ》ませた表情を浮かべていたが、首を振ると切り替えるようにして顔を上げた。そして、片手を上げて部下達に合図を送る。

すると騎士達は一斉に、スザインの執務室を漁《あさ》り始めた。スザインはギョッと立ち上がり、声を荒らげた。

「な、なんだ貴様‼　無礼だぞ‼　何の権限があって」

「権限ならありますよ。スザイン・メイレ・クロスハート様」

デルダはスザインの前に立つ。大貴族であるはずのクロスハートを前にしても、彼はまるで動揺することも、怯《おび》えることもなかった。

逆にスザインの方が気後れするように一歩下がってしまった。

「我々教会は、悪魔に関わる問題であれば、国を問わず、相手の地位に拘《かか》わらず、調査を行う権利が与えられている」

「役立たず!!　結局悪魔騒動を止められなかったくせに!!」

部屋の隅で、スラーシャが喚く。デルダは小さく自嘲気味に笑うが、彼の部下達は手を止めなかった。スザインの机に広がっていた手紙も一通残らず押収していく。

「ええ、その点は返す言葉も無い。〝妹〟の連絡を受けてなければ、最後の手伝いすらできなかった。──国と大貴族が結託して行った隠蔽を、見抜けなかった」

その言葉にびくりとスザインはたじろぐ。全て、バレている。

否、それは分かっていたことだ。ローフェン王が事実上失脚した時点で、こうなることは自明だった。スザイン自身が目を背けようとしていた事実が、形になって現れてしまっただけだった。

「なので、二度と同じことを起こさぬよう、徹底的に調べさせていただきます──プリシア様から、い、い、いも協力を頂いていい、い、います。ご理解ください」

それはつまり、悪魔の問題に拘わらず、調査の結果は全て、あの恐ろしい剣姫にまで伝わるということだ。

詰みだ。

デルダの宣言に、スザインはがっくりと膝を折った。

◆◆◆

クロスハートの屋敷の前で、無数の書類が押収されていく。

屋敷の全てをひっくり返すような大騒動だ。勿論その大半は悪魔とは関係のないものだろう。そして、悪魔とは関係無いにも拘わらず、無視することもできないような不正の証拠が幾つもあることだろう。そんな中から悪魔の一件を探すのは骨が折れるはずだ。

グラストール王国――正確にはプリシア王妃からすれば、この機に不正腐敗の一斉あぶり出しができて大喜びなのだろうが、これでは上手《うま》く使われることになるな……と、デルダ・ホロ・バレンタインは溜息《ためいき》をついた。

暫くは、家に帰ることもできないだろう。待ち受けている修羅場に気が滅入《めい》りそうだった。

だが不意に、通信魔具から聞こえてきた声に、デルダは思考を現実に戻した。

《兄さん》

「ミーニャか」

妹からの連絡だ。

クロスハート家への調査に踏み入ると告げたとき、〝結果〟を教えて欲しいとミーニャから頼まれていたのだ。無論、細かな情報を身内に流すわけにもいかないが、〝彼女の聞きたい情報〟については、差し支えなかったので応じた。

《そっちはどう？》

「詳しくは言えないが、なかなか大変だよ」

クロスハート家は、随分と長きにわたって、グラストールという国そのものを蝕《むしば》んできたらしい。

そして、それを教会と共有するとしたプリシア王妃の決断は、なかなかに恐ろしい。

その判断の意図は分かる。

【悪魔】の術式《コード》や知識が無ければ判別付かないような、隠匿された術や呪いが山のようにある。

それらを見抜き、暴き出すのは教会の協力が不可欠だ。しかしそれはつまり、グラストール王国の弱みを自国以外に晒すに等しい。それをプリシア王妃は躊躇《ちゅうちょ》なく選んだ。

それを考え無しの愚行だと教会のデルダの上官は嘲り、王国内からも非難の声があがったが、デルダはそうは思えなかった。

彼女はこれを機に、王国内部に蔓延《はびこ》っていた腐敗を一気に叩き潰すつもりだ。晒した弱みを利用する間もなく叩き潰して、国内の情勢を一新するつもりなのだ。

今回の件で王国は一気に弱体化した。それは間違いない。

だが、それを窮地と見ず好機として、これまで切り込めなかった国の問題へと一気に切り込もうとする彼女の判断はあまりに鋭く、そして恐ろしい。

やはりプリシア様は恐ろしい方だ。

自分は既にグラストール王国に属してはいないが、妹は未だにこの国の貴族だ。そんな彼女の仕える国の王妃が傑物であることを喜ぶべきか恐れるべきか、判断に困った。

《兄さん、それで結局どうなるの？》

少し焦れたような妹の声に、デルダは思考から意識を浮上させる。ひとまず妹が望んでいた情報について、答えた。

「クロスハートが今後、スピーシィに干渉することはなくなるだろう」

《――そう、それならよかった》

通信越しに、ミーニャは安堵《あんど》の息をついた。妹が気にかけているのは、やはり友のことだった。

怠惰の魔女スピーシィ。

彼女のことはデルダも知っている。ミーニャほど関わることはなかったが、あの追放騒動の光景は今もハッキリ覚えている。騒動の後、暫くミーニャが悔しさから泣き続けていたことも。

しかしまさか、そんな彼女と追放から二十年、付き合い続けることになるのは予想外だった。しかも、こんな巨大なトラブルに妹が巻き込まれるような事態になることもだ。

できれば、あまり必要以上に危険な問題に、妹は踏み込んで欲しくはないのだが――

「今回はなんとか収まったが、あまり無茶《むちゃ》はするんじゃないぞ？　手に負えないと思ったら、すぐに呼びなさい」

《分かってる。今回は意地を張って無茶したわ。旦那にも子供達にも、たっぷりお小言言われたしね》

本当にグッタリした声だった。となると、これ以上お小言を口にするのは余計だろう。

「また、実家にも顔を出すよ。再来週あたりなら、皆の顔は見れるかな？」

話を切り替えるように尋ねると、通話越しに、ミーニャが少し困った声をあげた。

《……再来週だと、私はいないかも》

「何か予定でも？」

《スピーシィが悪魔退治の一件を労《ねぎら》いに遊びに来いって滅茶苦茶喧《めちゃくちゃやかま》しいの》

呆《あき》れ半分、苦笑い半分の妹の声に、デルダは部下に聞こえぬよう堪えながら笑った。

◆◆◆

【追放島ゼライド】、監視塔前の農園にて。

「というわけで、グラストールは今のところ、落ち着きを取り戻しつつあります」

「ほへーん、興味全然わきませーん」

【グラストール滅亡未遂事件】からひと月、とっくに自分の住まうゼライドへと帰還していたスピーシィは、クロ少年からの報告をつまらなそうに聞いていた。外に広げられた簡易ベッドの上に寝転ぶ態度はとても人の話を聞く姿勢ではなかったが、クロは気にしなかった。別に彼女が事件後の詳細を望んでいたわけでもない。事件の中心となっていたスピーシィに義務として報告しただけだ。

「今回の一件で、グラストールにおけるスピーシィ様の名誉は回復しました」

「はあそうですかあ」

「一応聞きますが、グラストールに戻るつもりは？」

「え？　嫌ですけど」

スピーシィは即答した。

「分かってはいましたが、そうですか……」

「グラストールに戻ったら、私の実家がいらん口挟んできそうですしね。うん、ないない。絶対嫌ですよ面倒くさい」

「クロスハート家は、おそらく貴女《あなた》にちょっかいをかけませんよ？」

「あら、とうとう捕まりました？」

「とうとう？」

「わるーいことしてるってことくらいは知ってましたから」

それ以上は興味無かったので調べませんでしたけど、と彼女はのたまった。事実である。白炎騎士団が調べた結果、クロスハート家は真っ黒だった。二十年前、スピーシィを追い出してから、王家との正確にはローフェン王との蜜月は好ましくない腐敗を生んでいた。

無尽の魔力から生み出された好景気が、結果としてそういった不正や腐敗を見逃す状況を生んだのも、それを後押ししてしまっていた。

そしてそれはローフェン王の失脚と共に暴かれ、処理された。混乱を防ぐためクロスハートという家系は残るだろうが、今後プリシア王妃の首輪がかかるだろう。

とはいえ、スピーシィにはまったく興味の無いことだろう。故にクロもそれ以上その件を掘り下げるつもりはなかった。

「それに」

「それに？」

「せっかくここを住みやすくしたんですから、わざわざ離れたいとも思いませんよ」

スピーシィは農園を見つめた。否、農園だけではなく、視界に広がるゼライドの光景を見つめていた。クロもその視線を追う。

追放島ゼライド。追放者達の流れ着く、無数の【奈落《アビス》】が存在する危険地帯――であったのは二十年前の話だ。怠惰の魔女スピーシィがここを管理するようになってから、この場所は変貌した。追放者達を瞬く間にまとめ上げたスピーシィは、無数に存在した奈落《アビス》の攻略を行った。住まう人々が安全に生きていけるために奈落《アビス》を潰し、しかし全ては潰さぬように上手くコントロール下に置くことで、奈落《アビス》の再出現を抑えた。

そして広くなった土地で、彼女はバレンタイン家のツテを頼りに大規模な魔草農園を開始した。今、燦々《さんさん》とした太陽の下で青々と茂る魔草らは、スピーシィが手がけている農園のほんの一部だ。

「……綺麗《きれい》ですね」

農園で汗水を流しながらも、活《い》き活きと働く従業員達。彼らが元は国を追われた追放者であり、ここが悍ましい呪いの大地であるなどと誰が思うだろうか。

「なかなか苦労しましたよ？　襲ってくる追放者達をぶちのめ……説教して改心させて、奴隷……雇用して、働かせるまで大変でした」

「不穏な単語は聞かなかったことにします。ここまで築き、維持する努力は察します」

まあ、荒事もあったのだろう。しかし、スピーシィが辺境の地獄を美しい楽園へと変えたのは紛れもない事実だった。

「そうです。大変なんです。だというのに、なんでクロくんはグラストールに入り浸っているんですか」

スピーシィはクロを睨む。やや膨れていた。クロがスピーシィの下へと戻ったのはつい最近だ。その間ずっと、クロはプリシアやガイガン達と事後の後始末に奔走していた。どうやらそのことについてご立腹であるらしい。

クロはしばし言葉を選び、そして丁寧に頭を下げた。

「今回の一件で、グラストールからの火の粉が貴女に向かわぬよう、露払いをしてきたのです。どうかご理解くださいませ。我が姫」

「ふふーん、しかたありませんねえ」

そして即座に機嫌を直した。存外彼女は彼女を優先していることをちゃんと示すならチョロい
……もとい寛容であることをクロは理解し始めていた。

「ところで、プリシアは何か言ってました？」

「何か、というと？」

「勝手に国宝級の【神遺物】の力を一部パクったことでキレ散らかしたりしていませんでしたか？」

なぜかとても楽しそうに尋ねてきた。まあ、彼女はこういうヒトでもある。クロも慣れてきていた。

「力の一部が貴女のところにあるのは、それはそれで都合良いとは言ってましたよ」

「あら、クロくん。ダブルスパイです？」

「俺は貴女の騎士ですよ。とはいえ、大本の力が彼女の下にあるのは事実です」

現在のクロの立場は酷《ひど》く不確かだ。彼の力の本元は【神影剣《ザイン・シェーダ》】にあるのは間違いないが、一方で独立もしている。元々存在する神の剣を、後から二つに分けるなんていう前例がまず無い。クロ自身、自分がどうなっていくのは分かりかねていた。

「まあ、安心してください。いざとなったらプリシアの【神影剣《ザイン・シェーダ》】まるごとパクって安定させますから」

「それはそれで間違いなく大問題になるので絶対にやめてください」

「えー」

スピーシィは不満げだが、元の主でもあるプリシアに対してもクロは一定の敬意を持っている。使い魔という形として距離をとっていたとはいえ、最低限こちらの意思を尊重してくれていたのは間違いないからだ。

できれば双方が親しくなってくれるのがクロにとっては最適と言えるのだが――

「仕方ありませんねえ。プリシア嫌がらせ作戦は別プランでいきますかー」

――どうやら先は遠いらしい。気長にやるほかないようだ。

「まあ、それはそれとして、せっかくクロくんが戻ってくれた記念に、今度パーティでもしましょうか。クロくんは何かやりたいことありますか？」

「特に何もありませんよ」

「あら謙虚。いいんですよ？　好物とか言っちゃったって？」

「亡霊ですよ。俺は」

「亡霊が望んではいけないなんて、決まってるわけじゃないでしょう？」

スピーシィはケラケラとクロの卑屈を笑った。

「いいじゃないですか。せっかくのセカンドライフを謳歌《おうか》しても」

パチンとスピーシィは指を鳴らす。すると近くの井戸から水が噴き出して、農園いっぱいに降り注ぐ。働いていた追放者達は突然降り注ぐ水に驚き、しかし汗水を流してくれるその水に歓喜の声をあげた。

「それを咎《とが》める偉大なる方々は、とうにこの地を去って、残るのは影ばかりです」

水が虹を創り出す。太陽の下、かかった虹はあまりにも美しかった。その光景があまりにも眩《まぶ》しくて、クロは眼を細めた。

「だったら、楽しまなければ損でしょう？」

「……魅惑的な勧誘ですね？」

「怠惰の魔女ですからね」

まったくもって、恐ろしい魔女だった。

「検討します。前向きに」

「素敵ですね。さーてそれじゃあ」

スピーシィは、高く手を上げると、それを合図に従業員達は頷き、引き上げていく。休憩に入るらしい。そしてスピーシィもまた、ベッドを深く倒して横たわって、微笑んだ。

「ミーニャが遊びに来るまでお昼寝しましょ。クロくんもどうですか？」

「眠りの守りをさせていただきますよ。プリンセス」

「よくってよ」

怠惰の魔女は影の騎士の護りの中、安心して眠りにつくのだった。

怠惰の魔女スピーシィ

MFブックス

怠《たい》惰《だ》の魔《ま》女《じょ》スピーシィ 1
魔《ま》剣《けん》の少年《しょうねん》と虚栄《きょえい》の塔《とう》

2024年12月25日　初版発行

著者　あかのまに
発行者　山下直久
発行　株式会社KADOKAWA
〒102-8177　東京都千代田区富士見2-13-3
0570-002-301（ナビダイヤル）
印刷　株式会社広済堂ネクスト
製本　株式会社広済堂ネクスト
ISBN 978-4-04-683483-6 C0093　Printed in JAPAN

◇◇◇

担当編集　姫野聡也
ブックデザイン　玉野ハヅキ（YOYO）
デザインフォーマット　AFTERGLOW
イラスト　がわこ

本書は、カクヨムに掲載された「怠情の魔女スピーシィと虚栄の塔」を加筆修正したものです。
この作品はフィクションです。実在の人物・団体・事件・地名・名称等とは一切関係ありません。

ファンレター、作品のご感想をお待ちしています

宛先　〒102-8177　東京都千代田区富士見 2-13-3
株式会社 KADOKAWA　MFブックス編集部気付
「あかのまに先生」係　「がわこ先生」係

二次元コードまたはURLをご利用の上
右記のパスワードを入力してアンケートにご協力ください。

https://kdq.jp/mfb
パスワード
7hkke

● PC・スマートフォンにも対応しております（一部対応していない機種もございます）。
●アンケートにご協力頂きますと、作者書き下ろしの「こぼれ話」が WEB で読めます。
●サイトにアクセスする際や、登録・メール送信時にかかる通信費はご負担ください。
● 2024 年 12 月時点の情報です。やむを得ない事情により公開を中断・終了する場合があります。

辺境の村の英雄、42歳にして初めて村を出る
岡本剛也
illust.桧野ひなこ
story
魔王領と王国の間に位置するフーロ村。
グレアムはフーロ村で生まれてからずっと、人知れず国を救ってきた。
彼は怪我のせいで42歳にして初めて村を出る。
冒険者として第二の人生を歩み始めたグレアムは、尋常ではない強さで周囲を驚かせていく!
MFブックス
MFブックス新シリーズ発売中!!

最強ポーター令嬢は好き勝手に山で遊ぶ
～「どこにでもいるつまらない女」と言われたので、誰も辿り着けない場所に行く面白い女になってみた～
富士伸太
イラスト：みちのく.
STORY
貴族令嬢のカプレーは、婚約破棄をきっかけに前世の自分が、
登山中に死んだ日本人であったということを思い出す。
新しい人生でも登山を楽しむことにした彼女は、
いずれ語り継がれるような伝説の聖女になっていて!?

忘れられ令嬢は気ままに暮らしたい
Wasurerare Reijou ha Kimamani Kurashitai
はぐれうさぎ
イラスト：potg
転生少女、謎の屋敷で初めての一人暮らし。
侯爵家の令嬢、七歳のフェリシアは、父の再婚に伴い家を出る。与えられたのは、領地の辺境の、森の中の屋敷。しかしそこに侍女たちはやってこず、彼女は図らずも、謎の屋敷で気ままな一人暮らしをすることになる。
MFブックス新シリーズ発売中!!

家臣に恵まれた
＼転生貴族の／
幸せな日常
KASHIN NI MEGUMARETA TENSEIKIZOKU NO SHIAWASE NA NICHIJOU
企業戦士
イラスト：とよた瑣織
異世界転生した先は、二つ名が『魔人』の武闘派貴族！
領民は0。領地はほとんど魔獣の巣。
だけど家臣の忠誠心は青天井！
彼は優秀な家臣達と、時に力を合わせ、時に力技で
困難を乗り越え、幸せな日常を送る！
※頭を空っぽにして
読むことを推奨しております。
第8回 カクヨム Web小説コンテスト 異世界ファンタジー部門
特別賞 受賞作！
MFブックス新シリーズ発売中!!
MFブックス

召喚スキルを継承したので、極めてみようと思います！
～モフモフ魔法生物と異世界ライフを満喫中～
えながゆうき
イラスト：nyanya
謎だらけなスキルで召喚されたのは――
個性豊かすぎる"魔法生物"!?
自由気ままに異世界でモフモフライフを楽しみます！
「」カクヨム発
STORY
モフモフ好きな青年は、気づくとエラドリア王国の第三王子・ルーファスに転生していた。継承した"召喚スキル"を広めるため、様々な魔法生物たちを召喚しながら、ルーファスの異世界モフモフライフが始まる！
MFブックス新シリーズ発売中!!
MFブックス

転生薬師は昼まで寝たい
クガ
[ill.] ヨシモト
異世界転生し「薬師の加護」を授かったトール。
理想のスローライフのため安息の地を目指し旅に出るが、
道中様々なトラブルに巻き込まれ、終いにはラグドールに
似た喋る猫(?)が旅についてくることになって……。
追い求めるは、スローライフ!
やってくるは、厄介事!?
薬師の加護で、
異世界のんびり
スローライフ!
(願望)
薬を一瞬で調合!?
戦闘でも大活躍!?
MFブックス新シリーズ発売中!!
MFブックス

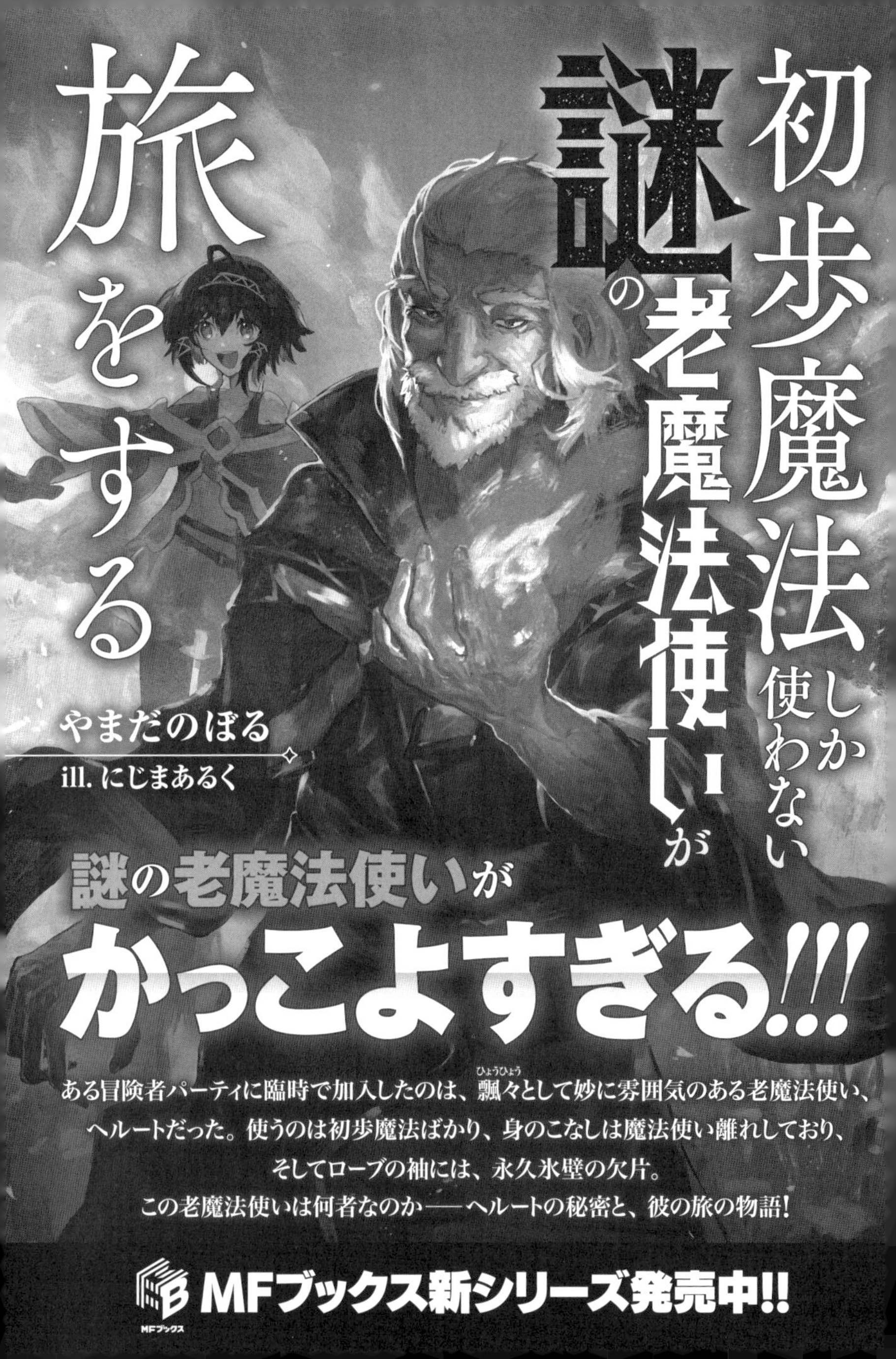
初歩魔法しか使わない謎の老魔法使いが旅をする
やまだのぼる
ill. にじまあるく
謎の老魔法使いが
かっこよすぎる!!!
ある冒険者パーティに臨時で加入したのは、飄々《ひょうひょう》として妙に雰囲気のある老魔法使い、
ヘルートだった。使うのは初歩魔法ばかり、身のこなしは魔法使い離れしており、
そしてローブの袖には、永久氷壁の欠片。
この老魔法使いは何者なのか――ヘルートの秘密と、彼の旅の物語!
MFブックス新シリーズ発売中!!
MFブックス

好評発売中!!

毎月25日発売

盾の勇者の成り上がり ①〜㉒
著：アネコユサギ／イラスト：弥南せいら
極上の異世界リベンジファンタジー！

槍の勇者のやり直し ①〜⑤
著：アネコユサギ／イラスト：弥南せいら
『盾の勇者の成り上がり』待望のスピンオフ、ついにスタート!!

フェアリーテイル・クロニクル 〜空気読まない異世界ライフ〜 ①〜⑳
著：埴輪星人／イラスト：ｒｉｃｃｉ
ヘタレ男と美少女が綴るモノづくり系異世界ファンタジー！

春菜ちゃん、がんばる？ フェアリーテイル・クロニクル ①〜⑩
著：埴輪星人／イラスト：ｒｉｃｃｉ
日本と異世界で春菜ちゃん、がんばる？

無職転生 〜異世界行ったら本気だす〜 ①〜㉖
著：理不尽な孫の手／イラスト：シロタカ
アニメ化!! 究極の大河転生ファンタジー！

無職転生 〜蛇足編〜 ①〜②
著：理不尽な孫の手／イラスト：シロタカ
無職転生、番外編。激闘のその後の物語。

八男って、それはないでしょう！ ①〜㉙
著：Ｙ・Ａ／イラスト：藤ちょこ
富と地位、苦難と女難の物語

八男って、それはないでしょう！ みそっかす ①〜③
著：Ｙ・Ａ／イラスト：藤ちょこ
ヴェルと愉快な仲間たちの黎明期を全編書き下ろしでお届け！

魔導具師ダリヤはうつむかない 〜今日から自由な職人ライフ〜 ①〜⑪
著：甘岸久弥／イラスト：景、駒田ハチ
魔法のあふれる異世界で、自由気ままなものづくりスタート！

魔導具師ダリヤはうつむかない 〜今日から自由な職人ライフ〜 番外編
著：甘岸久弥／イラスト：縞／キャラクター原案：景、駒田ハチ
登場人物の知られざる一面を収めた本編9巻と10巻を繋ぐ番外編！

服飾師ルチアはあきらめない 〜今日から始める幸服計画〜 ①〜③
著：甘岸久弥／イラスト：雨壱絵穹／キャラクター原案：景
いつか王都を素敵な服で埋め尽くす、幸服計画スタート！

治癒魔法の間違った使い方 〜戦場を駆ける回復要員〜 ①〜⑫
著：くろかた／イラスト：KeG
異世界を舞台にギャグありバトルありのファンタジーが開幕！

治癒魔法の間違った使い方 Returns ①〜②
著：くろかた／イラスト：KeG
常識破りの回復要員、再び異世界へ！

家臣に恵まれた転生貴族の幸せな日常 ①〜③
著：企業戦士／イラスト：とよた瑣織
領民は０。領地はほとんど魔獣の巣。だけど家臣の忠誠心は青天井！

マジック・メイカー ―異世界魔法の作り方― ①〜③
著：鏑木カヅキ／イラスト：転
魔法がないなら作るまで。目指すは異世界魔法のパイオニア!!

MFブックス既刊

アラフォー賢者の異世界生活日記 ①～⑲
著：寿安清／イラスト：ジョンディー
40歳おっさん、ゲームの能力を引き継いで異世界に転生す！

アラフォー賢者の異世界生活日記 ZERO ーソード・アンド・ソーサリス・ワールドー ①～②
著：寿安清／イラスト：ジョンディー
アラフォーおっさん、VRRPG《ソード・アンド・ソーサリス》で大冒険！

屍王の帰還 ～元勇者の俺、自分が組織した厨二秘密結社を止めるために再び異世界に召喚されてしまう～ ①～②
著：Sty／イラスト：詰め木
再召喚でかつての厨二病が蘇る？ 黒歴史に悶える異世界羞恥コメディ爆誕！

かくして少年は迷宮を駆ける ①～②
著：あかのまに／イラスト：深遊
何も持たない少年は全てをかけて迷宮に挑む――これは冒険の物語！

最強ポーター令嬢は好き勝手に山で遊ぶ ～「どこにでもいるつまらない女」と言われたので、誰も辿り着けない場所に行く面白い女になってみた～ ①
著：富士伸太／イラスト：みちのく
絶景かな、異世界の山！ ポーター令嬢のおもしろ登山伝記♪

忘れられ令嬢は気ままに暮らしたい ①
著：はぐれうさぎ／イラスト：potg
転生少女、謎の屋敷で初めての一人暮らし。

転生薬師は昼まで寝たい ①
著：クガ／イラスト：ヨシモト
スローライフはまだですか……？ 安息の地を目指す波乱万丈旅スタート！

住所不定無職の異世界無人島開拓記 ～立て札さんの指示で人生大逆転？～ ①
著：埴輪星人／イラスト：ハル犬
モノづくり系無人島開拓奮闘記、開幕！

精霊つきの宝石商 ①
著：藤崎珠里／イラスト：さくなぎた
宝石店「アステリズム」は、どんなオーダーにもお応えします！

怠惰の魔女スピーシィ ①
著：あかのまに／イラスト：がわこ
魔に魅入られた国の謎を、怠惰の魔女が暴き出す！

王都の行き止まりカフェ『隠れ家』 ～うっかり魔法使いになった私の店に筆頭文官様がくつろぎに来ます～ ①
著：守雨／イラスト：染平かつ
美味しい料理と魔法の力で人々を幸せに！ ようこそ『隠れ家』へ♪

辺境の村の英雄、42歳にして初めて村を出る ①
著：岡本剛也／イラスト：桧野ひなこ
42歳で初めて村を出たおじさんは最強でした♪